低眉尘世 素心生花

康娜 著

中国华侨出版社

图书在版编目（CIP）数据

低眉尘世，素心生花 / 康娜著 .—北京：中国华侨出版社，
2017.8

ISBN 978-7-5113-6951-2

Ⅰ.①低… Ⅱ.①康… Ⅲ.①散文集－中国－当代
Ⅳ.① I267

中国版本图书馆 CIP 数据核字（2017）第 170892 号

低眉尘世，素心生花

著　　者 / 康　娜

责任编辑 / 嘉　嘉

责任校对 / 孙　丽

经　　销 / 新华书店

开　　本 / 880 毫米 × 1230 毫米　1/32　印张 / 8　字数 /171 千字

印　　刷 / 三河市华润印刷有限公司

版　　次 / 2017 年 10 月第 1 版　2017 年 10 月第 1 次印刷

书　　号 / ISBN 978-7-5113-6951-2

定　　价 / 32.00 元

中国华侨出版社　北京市朝阳区静安里 26 号通成达大厦 3 层　邮编：100028

法律顾问：陈鹰律师事务所

编辑部：（010）64443056　　64443979

发行部：（010）64443051　　传真：（010）64439708

网　　址：www.oveaschin.com

E-mail：oveaschin@sina.com

少时读张岱的《湖心亭看雪》：

崇祯五年十二月，余住西湖。大雪三日，湖中人鸟声俱绝。是日更定矣，余拏一小舟，拥毳衣炉火，独往湖心亭看雪。雾凇沆砀，天与云与山与水，上下一白。湖上影子，惟长堤一痕、湖心亭一点、与余舟一芥、舟中人两三粒而已。

天地苍茫，冰雪弥漫，风烟俱净，湖心亭里，唯有一叶小舟，舟中的两三粒人影。

那种清凉寂冷的美，旷大悠长，张岱在天地之间清享的那份凉意，让人向往羡慕。

《红楼梦》里宝玉出家，风雪弥漫，曹雪芹写道："落了片白茫茫大地真干净。"这雪的凉，一下子把人丢进了深渊，再也爬不出来。

渐渐喜欢上了冬天，素白干净，清冷幽雅，有一种空灵的美感。后来看岩井俊二的电影《情书》，一句："你好吗？""我很好。"曾经的似水年华，像一颗凝聚着甜蜜的糖果，在粒粒小雪里丝丝消融，那种唯美纯爱在心里经年不散。

我发现，越是好的东西，越给人以清凉宁静之感，就像人生。

《菜根谭》：落落者，难合，亦难分。欣欣者，易亲，亦易散。所有的热情都带着点烧灼，所有的真实都泛着凉意。低温，带着素雅的薄荷香和一种清醒的笃定，踏实纯粹。

喜欢字里行间泛着凉意的文字。王维的"隔窗风惊竹，开门雪满山"，看到了他骨子里与生俱来的清凉。

王维画雪，走笔挟冷风，寒气逼人，是因为他心里的安静和清凉，于是愈简愈深、愈淡愈真。他一生里，只求清寂不要热烈。苏轼品评："味摩诘之诗，诗中有画，观摩诘之画，画中有诗。"

素心煮字，不浮夸奉迎，只对自己内心负责，才能写出那样的文字，就像用薄荷、青柠调制的朗姆酒，清爽而回甘。

清凉的人，自然不是扑面而来的暖风，让你觉得特别地舒服。只是安静地散发出一种玉的凉，轻轻地润泽着，一点点沁到人心里，甚至清绝得让人生疼，但只有养在光阴里，你才知道她的好。

经常一个人静坐在角落，没有谁注意我，让阳光隔着窗叶斑驳在脸上，像桌上那插的桃花，在清水里寂凉，却独自惊艳，有点小小的寂寞，也有点小小的快乐。

桃花绝色，浓烈，华丽，寂凉，悲伤，千转百回，热烈又冰冷，多情而命薄，这是纯粹的为爱情之花。

于是想，若是一株植物也好。若是，就要是这桃花，在风里含蓄、饱满，开时热烈地开，咄咄逼人，落时低眉浅笑，低到尘埃，也暗香浮动。

爱情也要清凉的，热烈的不会长久。

徐志摩的家信：眉爱，昨天整天只寄了没字梅花信给你，你爱不爱那碧玉香囊？……但你我的爱，眉眉，我期望到海枯石烂日，依旧是与今天一样的风光、鲜艳、热烈……

最终，陆小曼还是被他的热情打动了。但这个男人的爱火热有余，内敛不足，亦太过多情。

一直认为，男子在感情上凉一些才好，不要太热络、太敏感，对彼多情即是对此无情。那漫溢的情，只有透彻地冷下去，才会一心一意对一个女子好。

最痴，是那《三生三世十里桃花》，夜华对白浅讲那一句："我想要的，自始至终，只不过一个你罢了。"明明是最动人的情话，那种无奈和心伤，叫人感到冒着丝丝冷气。

说出那话时，他的心，该是比他冰丝一般的黑发还要凉。可不论她怎样，不论她是浅浅还是素素，灼灼桃花，他只取那一朵，放在心上。在他心里，她最好的样子，就是她本来的样子。

他的十亩桃林，只为她开。

民国四公子之一张伯驹，曾是"平生无所好，所好是美人"。但自娶了潘素后，一心只系潘素，再无风流韵事。而她，青楼头牌潘素，洗尽铅华，将往日的万种风情，只说与他一人听。

两人齐眉对月，到了晚年，生活拮据，依然画画填词。张伯驹为潘素写下"予怀渺渺或清芬，独抱幽香世不闻。作佩勿忘当路戒，素心花对素心人"。

弱水三千，素心自凉，他只要那一瓢。

他把她从风月场带进山水画的世界，她陪他颠沛流离淡泊名利。彼此成全，相携相伴，红尘浊世中，他们就是一对永远保持着单纯之心的素心人啊。

到底是上了年纪。以前喜欢热辣的食物，而今口味也越来越清淡了，小火炖的骨头汤，白萝卜、排骨汤、盐少许，寡味，清爽，但肠胃滋养。日子越久，越觉得平淡真是个好东西。

素心，若清水煮莲子。一个人，独活，那心里，清喜着、也清凉着，尘世纷扰，与我何干。

目 录
Contents

第一辑　独坐

低眉尘世，素心生花

第五辑　夭夭桃花凉

目录

第一辑 独坐

此刻，尘土在阳光里飞舞，露水催开了花朵，秋绽放在秋中，水安顿在水里，一些东西轻快地跳跃走了，另一些东西稠密地涌进来了。

独坐

常常不安，内心像是长了草，毛毛的。

我想，是不是世界走得太快了，我被遗弃，如一只离群的孤鸟。拙于去说言不由衷的话、做身不由己的事情，在一次次尔虞我诈里败下阵来，在一场场觥筹交错中退下场来，叹一叹人生徒奈何、想得而不可得，一人逃离于世，郁郁，落下清泪两颗。

独坐的滋味是不可名状的。但有时也会反过来想，会不会是自己走得太快，是世界跟不上了。如我这般，一无所有又一无所长，却能站在高处，和自己的灵魂对酌，已经很难得。如此一来，内心释然。

独坐。小小的斗室，一桌一椅，随意置放纳兰、木心、平凹、三毛的书，别人看着凌乱，自己却随手翻阅，很方便。若是再听一听"咿咿呀呀"的昆曲儿，一颗心，就似被柔软的水袖拂过一般舒适。

轩窗之外，是一处吹着自然风的小院。绿藤撒着欢地爬满土墙，两行韭菜正"呼呼"地往外冒着绿意，辣椒和茄子已成熟摇曳，核桃树上的知了嘶叫得欢实，墙根下的"蛐蛐"一高一低一唱一和。

一个人，或坐或卧，或笑或歌，或醒或寐，披发蓬首或坦臂跣足，这样的独坐，尘垒不入，竟然似虚度了一般，羽儿的课业，自己手头未完的工作，都一股脑地忘掉了。此之谓一个人的清欢吧？

一片静谧里，聆听到附近校园清脆的铃声就不消说了，从山寺里传来的钟声也隐隐在耳，内心里还有什么在生长拔节，明晰清亮，循着这样的声音，一直走，一直走，蓦然，时间辽远了，空间空旷了，心像波浪般一层又一层翻卷着往远处而去。

此刻，尘土在阳光里飞舞，露水催开了花朵，秋绽放在秋中，水安顿在水里，一些东西轻快地跳跃走了，另一些东西稠密地涌进来了。

很久没有擦拭的心，在独处的时光里成了解冻的冰河，又像是被积雪覆盖的草垛被一一拨开，露出几乎枯败衰萎又渴望点亮的颜色，有孤单，有落寞，也有风光。

独坐，不是枯坐。在闹中取静的一方天地里，静享心平气和的时光，脑海一闪而逝的文思，更值得记录和收藏。端一杯茶，静坐一两个时辰，酝酿于内心的腹稿成熟，以我之笔呈现，历经多少岁月，仍熠熠闪光，如昨。

苏轼的《司命宫杨道士息轩》中讲："无事此静坐，一日似两日。"深以为然。独坐时，可对茶釜一只，或空无一物，但心静了，理明了。独坐，更像是一场内心的修行。

有时，面对着眼前的秦岭山独坐。山风潮湿润泽，山岭崎岖蜿蜒，其高低轮廓风骨毕现，只想拔足而往，但脚底却像是生了根，只是闭眼，让意念随波逐流，跟随那山之上的"槛外人"，砍柴，挑水，煮饭，焚香，诵经，世事与我何干，我与世事何扰。长吁一声，"快哉，快哉！"

"雨中山果落，灯下草虫鸣"。王维在《秋夜独坐》里思想到人生须臾，短暂不可追，生出一些悲愁思绪。"青山无一尘，青天无一云。天上惟一月，山中惟一人。此时闻松声，此时闻钟声，此时闻涧声，此时闻虫声。"从清朝易顺鼎的《天童山中月夜独坐》里我也读不出孤单，反而品出洒脱和禅意来。

夏日听雨，冬日观雪，煮水饮茶，净手焚香，所有浮躁与喧嚣都挥之而去，我竟愈来愈享受这茫然又充实的时刻了。

执笔

"执笔"两个字，透着一股书卷气。

处一静室，书香满屋，阳光投进格子轩窗，案几上，一池翰墨、一窗花影，一人于案前，书写浓情厚意的字句，或风花雪月的诗行，温雅娴静，身影端然。

执笔，手背圆，手掌竖，力送毫端，运于纸上，虚与实、疏与密，舞一把狂草，运一幅行楷，喜，气和而字舒，怒，气粗而字险，哀，气郁而字敛，乐，字平而字丽，由内而外，意到笔随，来来回回，都是一份心境。

执笔间，将多少轻轻重重的缘分化成浓浓淡淡的墨迹，坐落在深深浅浅的字里行间。

执笔一封信笺。将满心的叮咛和期望，一字一句，寄给柳色新新，寄往十里桃林，寄于流水、碧树、远山。

一提笔，贪嗔去了，怨念也去了，只有层层叠叠、密密麻麻的美好和惦念，都奔着前路而去。落笔，凉过的，热过的，喜过的，悲过的，也都淡淡地去了，不怨，也不悔。

灯烛如豆，着土布衣衫的曾文正面容沉稳庄重："弟每用一钱，均须三思，诸弟在家，宜教子侄守勤敬。吾在外既有权势，则家中子弟最易流于骄，流于佚，二字皆败家之道也。"

青山虽在，锦书难寄，执笔书写的人，总是离得最远的那个人，只待那马踏飞烟，绝尘而往，一直到孩提时分，看他庭前嬉戏。

稚子描红，睁着澄澈的眼睛，小手握笔，横平竖直，端端正正，"大小多少""上中下"，一点一横，一撇一捺，咿咿呀呀、步履蹒跚，好似描写着人生。院里的梧桐花"啪嗒""啪嗒"掉落了下来，落在孩子的描红本上，如清风出袖，明月入怀，父亲眼里播洒出的，全是梧桐花的味道。

执笔的人，心该有多安静清凉啊！摒弃红尘纷扰，半山风，半山雨，一笔山水，一笔光阴，我只管一笔一画，写自己的。

杏花春雨中临窗而立的，是谦谦容若。形容消瘦、长髯近白的他，将一怀的愁思和哀怨和泪吞下，左手扶袖、右手缓缓写下"春云吹散湘帘雨，絮黏蝴蝶飞还住。人在玉楼中，楼高四面风。柳烟丝一把，暝色笼鸳瓦。休近小阑干，夕阳无限山。"

见字如面。容若啊！其实，若能为一人执笔，可想可念，想起时，不惊不扰，念及时，相惜相怜，念如花开，即便触不到，心也充盈澄澈如月，这样，也是好的！

黄昏飘雪，执笔将青眉描黛、凤眼挑尖、朱唇润蔻，让一片风入画，让一笔墨入信，游走在一行行字句里清水白石、尘垢不染，守住了一方清净地，便得了世间清宁心。

无论怎样的一个人，执笔的那一刻，骤然就有了一股端庄之气。想要在微凉的秋日里执笔，写一个字，给一滴露，一阵风，将光阴写到老，将信笺写成画卷。

　　执笔写风景，有故事，有温情。执笔写风景，自己亦是风景。真好。

吃夜市

夜市始于周。《周礼·地官·司市》曰："大市，日昃而市，百族为主；朝市，朝时而市，商贾为主；夕市，夕时而市，贩夫贩妇为主。"夕市即是傍晚集市。

到了宋朝，夜市大量出现而至繁荣。《东京梦华录》里记载："夜市直至三更尽，才五更又复开张。如要闹去处，通晓不绝。""冬月虽大风雪阴雨，亦有夜市。"当时的东京应该在现在的河南汴梁一带，是说当时的夜市已经较为繁盛，大风雪、阴雨天都通晓不绝。

夜市的凸显，让黑漆漆的路鲜活生动起来，成为都市人夜生活的补充。吃夜市，吃的是一份舒坦，一份回忆，一份感觉，甚至是一种情怀。

平日里，人们吃完晚饭，在楼下遛个弯就打道回府，现在的夜市街灯通明、热闹非凡。除售卖手机套、小台灯、T恤、鞋袜等小物件之外，路边小吃成了夜市最为繁盛的特色，小贩合辙押韵、声声入耳的叫卖声，煎炒、油炸、炖的混合的香味儿，都极大冲击和挑战着人们的嗅觉和自制力，吸引着路人驻足掏出腰包，大快朵颐。

古城西安夜市繁多，每个夜市都有自己的主打招牌和特色。很多夜市还没开张，排队的食客就已经排成神龙见首不见尾的长队，夜市一起来，男男女女就大摇大摆地蜂拥而来，有的小两口抱着刚满月的小孩，用花布帽子盖着小孩柔嫩的脸，也坐在地摊上畅饮。整个夜市车水马龙、络绎不绝，像是郭沫若笔下的天街，美丽和乐。

《本草纲目》说：米能养脾，麦能补心。陕西人的食物是米和面的杂合。很多老人都爱吃坊上的"酸菜炒米"，米饭与酸菜、肉丝炒制，炒米混合了酸菜的酸、油的香，吃起来酸酸辣辣，香而不腻，米饭不粘连，口感清爽，主要是价格便宜，做工也干净，一大盘酸菜炒米下肚，人就步履沉重、昏昏欲睡，如神仙般舒服。大皮院有一家麦面做的麻酱凉皮，醋的酸香，辣椒的香辣，黏稠的麻酱，芝麻的香味，冬吃保暖，夏吃消暑，四季皆宜，特香。记得母亲生病的那段日子，口味儿很淡，什么都吃不下，只惦记着那家麻酱凉皮的味道儿，于是我和家人开车跑三十公里的路来排队买凉皮，然后再开三十公里的车回程，母亲吃了后，病竟然一日日好了起来。

二十年前，我也常逡巡于土门夜市，那时候穷得口袋里只有几块钱。看着别人吃烤肉，喝烧酒，就一个人叫碗一块五毛钱担担儿馄饨，坐下来等馄饨上桌。老板拉开小抽屉，给热气腾腾的锅里撂几个纯肉馅的馄饨，碗里放些盐巴、虾米、咸菜、香菜、葱花、紫菜，浇一勺煎活的鸡汤，馄饨出锅进碗，再滴几滴香油、麻油，再挖一勺油辣子，美美地吃起来。其实，老板每次给锅里下馄饨时，我都在心里默默地数着，希望能格外开恩或一时糊涂，给锅里多下一两个。我是不知"世言馄饨，是寒外浑氏沌氏为之"，只是当时路过时总被飘在空中的香气吸引，顾不上明天的早餐去哪里，腿脚就不由自主地迈了去。而且，专挑那家馄饨，不仅是因为味道鲜，主要是吃完了还可以免费加汤，你心虚地细声细气地说一声："老板，加点汤。"老板立刻热情地喊，"好嘞!"还不忘给你的汤碗里加点咸菜和香菜。

您想，在大雪纷飞的冬天，您坐在油毡棚下，就着火炉，吃着馄饨，喝着鸡汤，再"吱儿"一下"吱儿"一下地闷两口二锅头，人生，就会变得特别美好。

西安有句俗话，"南湖边上吃烤肉，大学南路喝九度"，大学南路的夜市也储存着很多回忆。以前去那条街吃鸭脖，老板都会吆喝，"鸭脖鸭脖，十块三个……"后来去了，老板毛巾肩上一搭，简明扼要地招呼一声，"来咧，伙计!"然后给你递烟、点火，坐下和你谝闲传，从古至今、从中到外的奇闻趣事，讲得你往事如烟、忘掉了烦恼何来，乐呵呵、喜滋滋地付了款。但很多个夜晚，都是自己怀揣伤春悲秋的心事，都是一个人坐在街边，数着路过的行人，吃一口鸭脖子，喝一口冰啤酒，眼泪默默淌出来了，悄悄一把抹掉，继续喝。

宋时夜市已达了"车马阗拥，不可驻足"的程度，夜市的时间要三更尽才歇，夜市发展到了现在，更是通宵达旦。我曾路过大兴东路、建西街、老关庙、通邮路、建国路、丰登路夜市，到凌晨一两点都是灯火通明、人满为患，看夜场电影的情侣、酒桌和歌厅应酬完的男人，还有一些不睡觉的夜猫子，一边观赏夜景，一边享受美食，大飨炒饼、烩麻食、熏肉大饼、小土豆、铁板鱿鱼、爆炒虾尾、涮涮串、烤鱼、烤肉、煎饼、炸馍、包子、米线、麻辣烫等美味儿。偶尔有一两个怀抱吉他、长发披肩的歌手出现，有人拿着歌单点上一曲《怒放的生命》，就成就了欧阳修所说的"击鼓踏歌成夜市"，那种风味就出来了，简直太美妙了。

但我也见过很多人在夜市上高音大嗓、满地打滚、喝酒耍泼，但这就是夜市，黑夜的遮掩下，包容、消融了多少人世间的黑与灰。想想，走在街上的人，谁没在数九寒天哆哆嗦嗦于夜市的一角撕心裂肺地哭过、没心没肺地笑过，谁没在夏季的夜市里穿着短裤、趿拉着人字拖，三五成群地啖过肉、饮过酒、划过拳，那种花开半朵、酒饮微酣的畅快与低回，能与人道的又有几分。

夜晚，暮色四合，街道边灯光掩映，各色食摊连成一道风景线，你顺着飘荡的油烟味儿寻到心仪的食物，在矮凳上坐下来，披星戴月地呼噜一碗麻辣香的热馄饨，一股发自内心的温暖就滋生了出来，蔓延全身。

气味相同的人

"鱼找到鲤鱼，云雀找到云雀，春水流入秋水，夏泥化作冬泥。"这是扎西拉姆·多多的一首诗，觉得很有意思。

世界看起来蛮公平，常见的搭配就是一紧一慢，一急一缓，一张一弛。但不管怎样，道不同不相为谋，不在一个语言系统里的人，离你的世界太远，看着你哭，却无能为力。

朋友间的美好在于灵魂的靠近。以权力合者，权力尽而交疏。为了满足利益的嘴，好话说得再多，心也是汪洋里的一叶孤舟，谄媚到削足适履，只会让痛苦无以复加，陷入最深的孤独。

失去了灵魂的共振，纵然身边蜂飞蝶舞，内心却寂寞不去。

世上的人有千千万万，有些人，认识了就好，不必深交。触目横斜千万朵，赏心只有两三枝，人皆希望酒逢知己千杯少，但现实却是，酒过千杯知己少。

"青青子衿，悠悠我心。但为君故，沉吟至今。呦呦鹿鸣，食野之苹。我有嘉宾，鼓瑟吹笙。"

人生得一知己，足矣。有意思的是，懂你的人，往往不是知己，时间，把知己弄成了知彼，并在与你有关的世界里战无不胜。

这便是人生中最凄凉之处。

两人相守，最怕是，要爬太高的山，没有力气，要走太远的路，却漫无目的。

流水知音，浅遇红尘，最好的情分，就是他走进你的精神世界里，以心灵生火取暖。

相知的人，无论风多狂、雨多骤、世界多么遥远、生活多么艰难，哭在一起，笑也在一起。穿风踏雪，浪迹天涯，也不觉孤单，天气如何寒凉，闭上眼，也能感到人世的温暖。

但是，从现实的层面来看，太高的产生崇拜，太低的生发怜悯，总不能平等处之。两个志趣相近的人，不一定会走到一起，但能走到一起的，一定是精神层面相近的人。

垒石可邀云，筑台可邀月，种蕉可邀雨，植柳可邀蝉，有着共同的频率、散发着相同气味的人，隔着八丈远，也能闻到彼此，然后握手、比肩。

脾气相投，性情相近，酒逢知己，棋逢对手，花中有四君子，人间有伯牙子期，同声相应，同气相求，惺惺相惜。

知己，讲究的是自然而然、心有灵犀。掏心掏肺、竹筒倒豆子，反会让一些事儿索然无味。尊重、平等、默契、久远的情谊，才在时光之流载浮载沉永恒。

上赶子不是买卖，不必勉强自己去找那个远离你的人。很多人关系疏淡了，不是因为时间久了、距离远了，而是两个人的心已经无法走到一条道上了。

相知的意义在于，世界下了一场大雨，落在你身上半瓢，也落在我身上半瓢，然后，我们甩甩头、相视而笑。

　　林语堂讲："天下有一人知己，可以不恨。"不如，泛一叶扁舟，着一袭青衫，煮一壶清茶，候一生知己。

夜雨

夜雨，是古灵精怪的，也是洒脱不羁的。

你久等不至，沉沉睡去，她却悄悄地来了。先是一两滴飘进窗内，落在你枕边、凉席和胳膊，沁凉沁凉地，就像是被神祇点到一般，无论多瞌睡，你的眼睛也就本能的大大睁开了，困意全无。

铁道、公路、田野、树木、建筑都像是约好了，一霎间雾蒙蒙、湿沮沮的。

但地上的青石阶却是清亮的，闪烁着奇异的光，偶有一两个夜行人撑伞快步踩上石阶向家里走去，接着是"哗啦啦"的掏钥匙声和"砰砰砰"的敲门声。路边的大小车辆安安静静地栖息在雨中，默默接受秋雨狂暴的洗礼。

雨"哗哗"地响着，"吧吧"地打在窗台，夜色模糊，你看不清雨的样子，只见玻璃上时快时慢、时断时续地流淌着一道道小水沟，而后又在窗边上聚拢成珠，匆匆掉落下去。

天空，竟是细白的云里夹杂着一丝灰色，像隐藏着神秘的力量，不动声色地连发着无数箭矢，"唰唰"地向大地射去。

"秋裹伏，热得哭"，八月的秋老虎伤人不浅。好不容易等到这场雨，却被屋里电风扇挟裹的热风、窗外吹进的凉意两股气流相迫，人只能不由自主地往窗台挪去。

各个高楼已经锁在了云山雾海里，从高高低低的窗户里闪现出了白的、黄的、橙色的光。有些人还在夜里沉睡，雨声，鼾声，声声入耳，有些人，穿着背心短裤，趿拉着拖鞋，走到窗前赏雨、听雨、思雨。影影绰绰里，对面阳台上也现出了一个人影，有火星闪动，然后把头凑到手边，约是点火吸烟的动作。不由笑了，在这初秋的深夜里，原来也有人如我这般，深深地吸吮着大地潮湿的气息，静静地倾听金声玉振、珠落玉盘的妙音，打发这烦闷燥热、百无聊赖的时光。

很想就这样下楼，在雨里奔走，尽情获取那份沁凉的心意。想一想还是忍住了。好似，生命里多少次的热切和悸动，都是在想一想之后风平浪静的。

"风如拔山努，雨如决河倾，"大颗大颗的雨豆子砸到瓦楞、砸到屋檐，砸得水沫四溅，如急促的鼓乐里，男子策马扬鞭溅起飞浪，黑色的斗篷在风里猎猎作响，胯下的绝地马蹄"嗒嗒"作响，一骑绝尘，倏忽奔驰在视线之外。

一排排绿杨，像夜里醉酒的汉子，东摇西晃，似迷如痴，就是挪不动半步路。大颗大颗的雨珠子依然毫不示弱，胡乱地钻入池塘里，打在亭亭的荷叶上，这荷叶，经过一夏的生长，如今虽然碧绿依旧，却也久经沧桑，只是强撑着已不再年轻的手掌，任风雨肆虐，发出"嗒嗒"的哀叹。莲蓬在雨中独自兀立，透着一股红妆褪去、铅华落尽的桀骜与风骨。

不一会儿，雨又绵绵起来，灯影虚晃，清风微拂，树叶摇动，"唰唰、唰唰"，像温柔的耳语，一下击中人的心扉，那一抹甜甜、酸酸、浅浅、淡淡的情愫潜滋暗长起来，只想静静品尝这雨露串成的一怀闲愁。

夜深渐到明。细雨里，一窗芭蕉、一丛绿竹泅满了诗情画意，微润的、橙黄色的轩窗上映着一幅剪影，像是在低头细读那一卷心爱的书卷。是疏朗淡雅的晚明小品，还是养吾浩然之气的《孟子》，不得而知，但透过纱窗，在亦近亦远的人的心里，铭记下了这一片刻沁人心脾的美丽，便觉幸甚。

不知为何，雨天生带有一种忧伤之意。想起那首"劳歌一曲解行舟，红叶青山水急流。日暮酒醒人已远，满天风雨下西楼"的诗句，两岸青山，红叶满山，江水匆匆流去，此时醒来，心中的人儿已经走远，满天风雨，只有一个人独自走下了那西楼，心中竟又落满了孤单、惆怅和失落。

雨"噼里啪啦"地响着，雨中的诗意、雨中的别离，一段蒙蒙烟雨，丝丝缕缕、淅淅沥沥、点点滴滴、滂滂沱沱，隔断了前尘，隔断了往事，此时再吟蒋捷的词作，"少年听雨歌楼上，红烛昏罗帐。壮年听雨客舟中，江阔云低，断雁叫西风。而今听雨僧庐下，鬓已星星也。悲欢离合总无情，一任阶前点滴到天明。"别有一番思量，这字字句句中的人生意蕴该叫人怎样扼腕深叹呢。

雨继续"啪啪"地敲打着玻璃窗，先是一个黑着的窗户亮起灯来，渐渐地，很多窗户也都次第地亮了，雨声、人声、脚步声、汽笛声混合交响乐般鸣奏起来。

"藏"

中国人的"藏"字，很有意思，好的要藏，坏的也要藏，比如藏锋，卧虎藏龙，藏拙，藏污纳垢。

记得有句话："一个智慧的人，不说话就是最大的智慧。"因为再聪明，也知言多有差，不如隐藏起自己的一些想法，给人一种神秘感，关键时候发声，以一敌十。

花欲开未开时最好看。知无不言，言无不尽，不见得好。干什么事，都讲求个意味儿，把话说尽了，趣味、意思也就没了。所以，讲话的艺术就是，不必把话说得那么直白，话到嘴边留一半，另一半留给别人去思考。

最近接触到书法，知书法也有藏锋之说，其藏锋即以点画不出锐角，讲"藏锋以包其气"，又讲"露锋以纵其神"，但这并不矛盾，我的理解是，适当的退后，却是为了更好地向前冲。

做人忌锋芒毕露，懂得藏锋守拙。"木秀于林，风必摧之，堆出于岸，流必湍之，行高于人，众必非之"。"枪打出头鸟"，"出头的椽子先烂"，是俗语，是忠言，也是智慧，那些为人张狂锋芒毕露的人，难免会遭人嫉恨，遭人陷害。历史上，三国时杨修为一例，明朝的解缙也为一例。

与此相反，集藏锋大成者，有青梅煮酒的刘备，"三千越甲可吞吴"的越王勾践，守拙藏锋，高明处世，低调做人，韬光养晦，终成大事。

世上最珍惜的东西，都是藏起来，不与外人道，把好东西藏起来，让人有一种犹抱琵琶半遮面、雾里看花的朦胧美感。金屋藏娇，秋收冬藏，藏巧于拙。一个"藏"字，才倍显珍爱。

宋徽宗赵佶酷爱书画，一次考试，他出的题目便是"深山藏古寺"，有的在山腰间画座古庙，有的把古庙画在丛林深处。有的画得完整，有的只画出庙的一角或庙的一段残垣断壁，这让赵佶感到非常失望。突然，有一幅画吸引了他，画的是崇山峻岭之中，一股清泉飞流直下，跳珠溅玉。泉边有个老态龙钟的和尚，一瓢一瓢地舀着泉水倒进桶里。

深山藏古寺，根本没有画古寺，好在哪里？和尚挑水，当然是用来烧茶煮饭，洗衣浆衫，这就叫人想到附近一定有庙；和尚年迈，还得自己来挑水，可以想象到那庙是座破败的古庙了。庙一定是在深山中，画面上看不见，这就把"藏"字表现出来了。如此含蓄深邃、巧妙的构思，才彰显了画家的高明。

中国的诗词、文字，也讲究"藏"。越是含蓄，越是含意丰赡，蕴藉张力。《诗经·周南·桃夭》："桃之夭夭，灼灼其华；之子于归，宜其室家。"具有深刻的启发性与暗示性的意象和意境，言此及彼，鼓动人展开联想，诗句的内蕴也由此扩散出去。

刘熙载说："词之妙，莫妙于以不言言之，非不言也；寄言也。"

很多作者都是通过写人、叙事、绘景、咏物来寄意，并起到了独特的效果。比如辛弃疾的《青玉案·无夕》："东风夜放花千树，更吹落，星如雨。宝马雕车香满路。凤箫声动，玉壶光转，一夜鱼龙舞。蛾儿雪柳黄金缕，笑语盈盈暗香去。众里寻他千百度，蓦然回首，那人却在，灯火阑珊处。"作者并不直抒己意，而是层层铺势，铺排、烘托出第三层中的"那人"的形象，让读者通过各种意象去捕捉诗人寄寓的深意。

露巧不如藏拙。话有三说，巧说为妙。清·李渔《慎鸾交·计骗》："花封纵美，也敌不过亲职高，和盘托出空贻笑，倒不如藏拙高。"藏而不露，耐人寻味，听者会体会言外之意、弦外之音，画里藏画，话中有话，都会给人以无穷的回味和想象空间。

明代还初道人洪应明的《菜根谭》里有句名言："藏巧于拙，用晦而明，寓清于浊，以曲为伸，真涉世之一壶，藏身之三窟也。"意不直叙，情不表露，不露锋芒，韬光养晦。一个藏字，囊括了中国人的含蓄和智慧，有着永远谈不到底的奇妙和意境。

"家丑不可外扬"，不好的东西也不要拿出来给人讲，不做祥林嫂，天天啰唆，渐渐让人烦厌、耻笑。

浅浅秋凉

天骤然凉下来了。

闲云淡逸，一朵朵高高地飘在苍蓝的天际上，优哉游哉地游着，任由夕阳将橘色的光辉洒落到大地，投射出斑驳的阴影。

淡淡白雾遮缠巍巍青山，岑岑，寂寂，庄严，肃穆，似梦似幻。山势轮廓依稀，俨然一幅简洁透明的油画。而那缭绕的白雾，像极了女子围着的白色纱巾。

那女子一定在揽镜自照吧。但怎样看，都是一位不折不扣的朴素憨实的村妇呢。穿着底色葱绿的衣裳，却染着红色、橙色和各种杂色的花朵，头上插着绿色和黄色的发簪，滑稽得让人抿嘴直乐。

山下横着的一条路与竖着的这一条搭成了一个"丁"字。"丁"字的那一"钩"就是家门前那条不长不短的林荫小径。小径总是清幽而静谧的，不知道什么时候起，就铺上了一层薄薄的落叶。

梧桐树简直有些虚张声势，一副一柱承天、遮天蔽日、坚不可摧的样子，叶子却像是粘在叶柄上一样，轻微的一缕小风吹来，大大的梧桐叶就荡啊荡掉落了。

忽想起"人烟寒橘柚，秋色老梧桐"的诗句，心里也生出些许凉意，不免有些寂寥和失落。

裸露在空气的肌肤有些冰凉，那种凉意顺着毛孔直沁心脾。心里深处，有什么东西在渐渐远离，或许是某个人，也或许是某件未解的心事，乱乱的，像风掀起的帘栊，忽闪着，一会儿飘起了，一会儿又落下了。

西瓜和葡萄也难以入口了。人恹恹的，思想着若是能变成一株野草就好了，什么也不关心，哪里也不去，就躲在某块石头的背后，即使山风吹来、细雨打来，也只偶尔懒洋洋探出头，瞄一眼原野的空寂。

樟子松静静伫立在花园，像一位慈祥的长者伸出条条结实的臂膀，默默注视着孤单的行人。观赏桃树显得很忧郁，春日桃花、夏日桃子都先后离它而去，只剩它负载着浓密的绿荫，蹙眉思忖。

对面的黄桷树，将枝叶伸到二楼谁家阳台、窗户，柔和的灯光载着优美的钢琴旋律破窗而来，心怦然一动。那弹琴的，一定是穿着毛线背心和格子裙的女儿，一边看着曲谱，一边十指如簧灵巧地弹奏。而她的母亲，就坐在她身旁的凳子上，安静地聆听着。

走着走着，才发现不知不觉走进了一个硕大的音乐厅。秋虫鸣声四起，在草丛、在墙角、在树根、在花坛，独唱的、合唱的，嘈嘈切切，长长短短，高高低低。忽有一两只蟋蟀从你面前飞过去，即使你的衣角碰得它打了个趔趄，它也不介意，继续振羽朝它想去的方向。只是，那"唧唧唧""嘟嘟嘟"的叫声是愈加响亮了。

金卤灯躲在草丛的铁壳里，发出幽幽蓝蓝的光，世界神秘而安静。

　　苇塘边的丛丛芦苇在风中瑟瑟，"蒹葭苍苍，白露为霜"，没有在水一方的伊人，母亲的白发却盈盈在目。秋凉了，穿越几十公里的思念能否抵挡住家乡薄寒袭人的深夜……

　　月亮渐渐升到高楼之上，端庄地浸在五彩的光晕里。好久没有放下胸襟，揽上一怀的月色，欣赏这如水年华了，在这来来去去的光阴里，这样的好时光又有多少呢？

　　不一会儿，露水下来，院里纳凉的竹椅也湿了，回到家，眼皮就打起架来，头一沾藤席，就起了鼾声。

文女青

这几年，最让我沾沾自喜的就是有人称我为——文艺女青年，而我也喜欢这样自诩，因此我全当最大的赞美来听。如果说我像文女青，最少有几点和网上定义相合：女的，岁数不大，相貌不恶，心态不错，朋友不多，但才华、能力、进取心相去甚远。

心中的文女青，是清风明月、如斯寂寞的心境；是繁华迷离、落雪无言的清冷，是紫陌红尘、知音弦断的悲凉；是更深露重、小月寒窗的伤感，是淡淡笔墨、浅浅细语的痴妄；是花开有情、情深缘浅的叹息，正如度娘所说，"文女青的人生一半是忧伤，一半是明媚，一半是念念不忘，一半是似有似无"。

文女青，有一种不矜不伐不骄不躁的态度，有一份不稼不穑不饥不寒的生活，有一种不高不低不雅不俗的情调，有一份不丰不俭不盈不缩的资产，有几许不急不缓不咸不淡不紧不慢的时间，有几分不媚不俗不土不洋的姿色，有几章不痒不痛不枝不蔓的文字，或是还应有几段刻骨铭心疯癫成魔的恋情。

有人对"文女青"这类人褒贬不一，但我还是固执地认为，把自己归类于文女青，实在是一种莫大的骄傲与赞赏。蔡文姬、李清照、亦舒、萧红、张爱玲、三毛等女子也算是女文青吧，能做与她们一样的人，我还是相当自满的。

文女青的气质，内心也许是道不尽的沧桑与落寞，示于人的却是那种没有来由的清高与孤傲，举手投足有着不融于世间的疏离。一袭麻布衣裙、一双帆布鞋、一根细细的银链、一个大大的手镯，没有时尚衣袍的华美，没有昂贵金钻的俗气，松松垮垮、颓废散漫，却显得冷冽清透、出尘脱俗。

风雨来时，我如此勾勒：柳树疯狂扭动腰肢，四肢绵长勾人。风雨里的月季，在倾盆大雨的浇注下，花瓣被狂风凌虐而去，像被层层剥去的美女衣裙，只剩下遮不住的羞。风雨走后，残花败柳。

你可以说这情感浅薄、文字拙劣，但是对不起，我的文字，只取悦我自己，好比一些文女青，她们可能出了一两本书，不为畅销，只为自己赏心、悦目。

文女青的性格多是离经叛道、离群索居的。说她们性情孤僻也不为过，她们不会与人拉家常、拉关系，即使是亲情也是如此陌生，她们的感情想得到的总比得到的多，对待感情是贪婪没有尺度，就像萧红之于继母。

在感情上，她们每一场都是死去活来、惊天动地、刻骨铭心。她们爱时，不是把爱捧到天上，就是把爱打入十八层地狱，不得消停，可一旦消停了，这段爱也就过去了。她们在爱的日子里兴风作浪，却在不爱的日子里忘记疼痛。

她们大多是活在半空的人，不懂也不屑脚踏实地真真切切地生活，四体不勤、五谷不分，远离灶台烟火、米贵油贱，放下了锅碗瓢盆，拿起了笔墨纸砚，也只有这样，才能一心一意、心无旁骛地伤春悲秋、哀夏怜冬。

总体来看，文女青是那么爱折腾、不安分，你可以说她的生活丰富多彩，也可以说她的生活糜烂不堪。她似乎什么都懂，但有些时候却弱智得像个孩童。如果，你走在飘着雨丝的街上，你透过咖啡馆的磨砂玻璃，看到一位女子，她胳膊夹着一本杜拉斯、村上或龙应台的书，或是落寞地弹着吉他，那可能就是一位不折不扣的文女青了。

鲁迅《坟·论睁了眼看》说："文艺是国民精神所发的火光，同时也是引导国民精神的前途的灯火。"

照此来看，我离文女青的差距何止十万八千里。

梅姨

村里人都说，梅姨像个不食人间烟火的仙子。

别人都急急地去地里赶农活，她总是悠悠地抡着锄头锄锄地、望望天，又慢悠悠地做饭、洗衣，谁家房子盖得高了低了、谁家的地分得多了少了，她都不在意。

她也不和村里的婆娘家长里短地传闲话、拉是非，喜欢窝在家里听戏、看书。她种了一院子的花，仙人掌、月季、石榴花、丁香、红苕花，给它们浇水、施肥，看到那些花开了，她就拍拍手里的泥土，笑得腮边的酒窝里盛满了幸福。

她不穿宽衣短裤，不像其他婆姨那样露出丰腴的胳臂和粗硕的腿，她喜欢穿一件中袖的绛红色旗袍，漂亮的盘扣系住竖立的圆领，隐约地露出细白的脖颈。不论天气多热，她都会穿丝袜、肉色的丝袜，那双黑色带跟的布鞋挪移起来，恰好地裹着柔白的小腿，袅袅娜娜，摇摆着迷人的弧度。

梅姨一个人寡居有十多个年头了。她年轻时爱上过村里一个男人，当她戴上琉璃的水滴耳坠，围上嫩绿色的纱巾，梳妆打扮停当，想要去找那个男人倾诉心意时，看到男人和另一个女子坐在山坡，男人用毛毛草编了一个戒指，戴到了女子手指上。她在一旁感到好失落，但她只是悄悄地走开了，没忍心打扰那种美。

后来，那个男人和女人成家了，生了一双儿女，就在她前村。梅姨还常常摘了自家树上的核桃、地里的西红柿给那两个孩子吃，那双儿女也喜欢围着梅姨，叫她讲故事。

那时，她虽然依旧喜欢那个男子，却始终没有表白过。她对他的爱情，像荷叶滚落的露水，"咕噜"一下悄悄落入了湖心，了无痕迹。

再后来，她也成家了，丈夫是村里的一位教师，待她很好，两个人恩恩爱爱，生了一个可爱的儿子。但没几年好光景，丈夫得胃癌，走了，留给他一个半大不小的孩子。

她没有呼天抢地，把所有的眼泪吞到了肚子里，一天又一天地挨着，拉扯着孩子，直到孩子大了，去了外面的城市。

当时她丈夫刚走的那一两年，她每天都红着眼睛，不说话，只是低头干活，村里人都说："梅子啊，难受就哭出来吧，别把人给憋坏了。"但她总是倔强地说："娃他爸走了，魂要安顿，我不能让他到了那边还得为我和娃担心。"

对梅姨来说，对自己丈夫最好的不打扰，也就是自己和孩子好好地生活下去。

梅姨话不多。和村里人碰到一起，她也只是笑着点点头，不急不躁、不徐不缓地讲话，声音像山涧的泉水流过，清清凉凉、平平淡淡。像是怕惊扰了什么一样，丝毫没有中年妇女那般凌厉和强势，就像她家围墙角的那丛格桑花，安安静静、不争不吵。

有天黄昏时分，我去梅姨家，她正靠在藤椅上，身上披着黄昏的霞光，怀里抱着一本书，几绺头发柔柔地垂在耳旁，神情庄严，我离她很近也没有觉察到。我笑着说："梅姨，你看啥书呢，这么认真？"她看到我很高兴，忙起身招呼我，又有些羞涩地笑了，"唉，我是看闲书咧，不像你这大学生，快坐，快坐，我给你倒水去。"我随手翻了翻她看的书，竟然是《资治通鉴》。不由得对梅姨又有一些刮目。

屋檐下潮湿的石阶上，绿色的苔藓疯长，像是提醒着飞逝的年岁。一晃很多年过去了，梅姨还是一个人，麦子割了一茬又一茬，苞谷收了一秋又一秋，她不论多忙、多累、多难，也不求别人，"大家都那么忙，自己能干动就自己干，干不动了就歇着，还是不要打扰别人的好。"

夏天，高大的树影拓印在梅姨家的土院儿，斑斑驳驳影影绰绰，像神秘高妙的皮影戏一般。树的最高枝上有一个鸟窝，鸟在树枝上蹦来蹦去，"啾啾""唧唧""喳喳"，长长短短、自娱自乐地唱着，像梦中的幻境。

梅姨就在树下发呆。她依然穿着那件绛红色的旗袍，每天清晨和傍晚，她都坐在院里的台阶上，望着天空、树和小鸟的方向，听春风的声音、嗅花开的味道，白净的脸庞泛着明艳的光。

在村里人眼里，梅姨是这个村里最美的女人。但他们很不解的是，梅姨一个人，守着这么大的空屋子，难道不觉得孤单吗？

我猜啊，梅姨也许真的不孤单，她的心里，或许一直长着一大片的花田，盛开着各色美丽的花朵吧。

老味儿

这个季节，地里的麦子已经抽穗了，油菜过几天就可以收回来磨油，现在也没什么事儿可干。老人就开始摆弄着家里的那台十二寸的电视机。

房顶的锅形接收天线，已经掉了很多铁皮屑，可能是被雨水淋得太久的缘故，常常接收不到信号，不是雪花点就是条纹布，老人拧拧天线，又动了动机顶盒，还是没有反应，于是有些泄气，手在电视箱上"啪"地拍了一下，李梓萌和康辉的头像就出来了，脸部轮廓清晰可见。

他们的声音真好听，又响亮又温柔！

吃晚饭时，老人和往常一样，端着黑釉瓷碗，蹲在屋檐下的台阶上，就了口咸菜，筷子伶俐地溜着碗边刮转了一圈，把玉米糁子面刨到一起，褶皱如布的薄唇搭到碗沿，吸溜了一口，然后咂咂嘴，伸出舌头舔舔嘴边，将粘在嘴边的渣子卷了进去。

院子前方是一棵老榆树，树干扭成了一个粗体的"Z"字，"Z"字拐弯处有个老瓷碗那么大的黑色树洞，里面一寸深的地方，落着枯枝败叶。榆树的冠覆盖了三分之一的屋顶，屋顶的青瓦上，生着一片毛茸茸的苔藓，油碧的苔藓向周围蔓延，一切都悄悄地进行，不动声色。

几只老母鸡在院子里跑来跑去，摇摇晃晃忽闪着脏兮兮的翅膀，咯咯地啄着食，落在地上的榆钱、灰白的鸡屎和金黄的谷米几乎混在一起，老人混沌的眼睛雾蒙蒙的，看也不看，只是把碗撂在一边，蹲在屋檐下，"吧嗒吧嗒"地抽着旱烟。

这个旱烟袋看起来有点历史了。黄铜的烟锅瓦亮瓦亮的，只是棱棱边边上残留着一圈烟油，青玉的嘴儿，长长的乌木烟杆上垂下一个小小的烟丝袋，那是深棕色棉布，绣了一个大红的"福"，左下方落着一个精致的"梅"字。

那是老伴儿梅香绣的，线条匀称、针脚细腻。

老人身后跟着一条灰黄的老狗，已经跟了老人十多个年头了，狗毛稀疏，狗的眼皮总是恹恹地毫无生气，耳朵也无力地耷拉着，像两片晒蔫的树叶。

老人的孙子曾给老人带来一条漂亮的小狗，跑得特别欢实，叫得也响亮，但老人还是喜欢这条老黄狗，又把小狗送了回去。臭黄跟老头多少年了，他走几步，臭黄就走几步，总在他左后方的位置，老人累了休息，黄狗就趴在老人床边，闭上灰黄的眼睛，一动不动，步伐、脾气、节奏，跟他一样一样的，好像灵犀相通一般。

院墙不到两米高的地方扎了根钉子，老人编了两串蒜辫子，想踮起脚把蒜瓣挂到钉子上，但举了几次都没够着。

"唉！真是老了呀！"老人无奈地叹了口气。端了把小竹椅在院子坐了下来，不停地喘着气，喉咙里发出"呼噜呼噜"的声音。

老人的背驼了，弯得像一张弓。身体也像这年久失修的老屋，衰败破烂，因为重度哮喘让胸腔里好像有一只球在滚来滚去。说起话来声音又低又哑，且气喘不止，这使他很少讲话，而他本身也没有什么话可对人讲，讲得最多的一句就是："臭阿黄，今天怎么不好好吃东西呢？是不是又想吃老太婆炖的红烧肉了？唉，再等等吧！过阵子就能见到她啦……"

待气息匀了，老人就从贴身的衣服口袋里哆哆嗦嗦拿出一张皱巴巴的四方形纸片，纸片的棱棱边边已经起毛了，那是梅香给他的留言，上面歪歪扭扭乱七八糟地写着几行字：

"老头子，时间过得真快啊！再过一个半月你就80岁了，多想陪你再过一个生日啊！可我怕是不行了，只剩老头子你一个人过了，记得给自己gan一碗长寿面吃啊！

转眼我们一起都过了56年了，有时想想，我一辈子跟了你这个人，挺不划算的，你脾气太坏，整天受你的气，你呀，也幸亏是遇到我了，不然谁能陪你过一辈子？

现在，你比年轻时又矮了4公分，体重也只有90斤了，身体也大不如从前了，干活不要再硬撑着，撑出病来我在那边也不放心……

还有啊死老头子，你哮喘那么重，就不要再抽烟了！

我走了，再见！梅。"

"梅香写的字可真不如绣的字好看呢。"老人咧着嘴笑了。

"是呀，梅香，多少个年头过去啦，麦子收了几茬了，榆钱开落也有八次了吧，日子过得可真快啊！"

太阳渐渐落下去了，天尽头泛起橘红色的霞光，老人目不转睛地盯着那片红云，梅香就在霞光里安详地坐着，正在绣着什么。绣的东西那一定是给他的，最后也一定会落上一个"梅"字。

老人的眼睛漾起了笑意，斜靠在椅背上，沉沉地睡了，口水丝线般一串串涎了下来。那些和梅香一起耕田、种地、做饭、务农的时光，一直都在梦里，历久弥新。

守心

"守心"这两字并不难见，但多是和其他字相连同现。诸如"守心如玉""克己守心""守心自暖"等词，在有机缘走进陈长吟老师的办公室之前，都被我徒然忽视了。

陈老师亲笔书写的隶书体"守心"大字，悬于其案前白墙醒目位置，当它们稳重浑厚又简洁干净地跃进眼眸，我顿觉振奋，并深切体会到一种力量。

这两个字，许是陈老师为人处世、大言笔法的信条吧。据说很多前来拜访陈老师的人，都会特意邀请陈老师在这两个字前合影留念。

陈长吟老师是中国作协会员，陕西散文学会会长，西安市作协副主席，全国冰心散文奖获得者，是我最为敬重的一位老师。他曾讲，写散文最难得的就是随心，不媚俗、不粉饰，质朴自然，才见真章。

我禁不住想，作为万千散文写作者中的一员，若"守心"，该守一颗什么样的心，如何守？记起，与陈老师共事多年的贾平凹老师，非常推崇王维《山居秋暝》诗中"明月松间照，清泉石上流"的境界。他说过："人的一生，苦也罢，乐也罢；得也罢，失也罢，更要紧的是心间的一泓清泉里不能没有月辉。"说得真是好！贾老师就这样守着清泉，守着月辉，守成了文坛领军人物之一，守得也真是好！

而以王鼎钧、董桥、张承志为代表的诸多优秀的现代散文作者，居城市一隅、守一方乡土，他们的作品题材广、挖掘深、接地气，以"我手写我心"，他们无疑守住了一颗颗铁肩道义的文人之心、察人观己的敬畏之心、兼怀天下的雕龙之心……

然而，人心是一座城，名利、毁誉、苦乐、讥讽都会往城里闯，东冲西撞，左奔右突，光彩夺目、华丽诱人，满是绮丽繁华之景，谁还愿去死守？人生的大堤里有多少泥沙被裹挟而下，我们这等凡胎俗骨，既食人间烟火，又具七情六欲，往往是遇顺境则狂妄，遇逆境则苦闷，闻褒奖则欢喜，听批评则恼怒，苏东坡尚且"八风吹不动，一屁打过江"，何况我们这般凡夫俗子，有多少定力面对，守心，何其难也？

依此来说，守心还需要一份自觉自发的自省，需要心坚如铁矢志不移的呵护，需要拨开浮云冲破藩篱的摒弃。五祖弘忍讲守心时提到《遗教经》中的两句话："制心一处，无事不办。"将散乱之心系至一处，变成统一心、不动心，万事万物，存乎一心，心若不动，风又奈何？

四下环顾陈老师所在斗室，十来平米的地方，沙发、脚下、墙角、书桌，堆满了书及《散文视野》杂志。伸开一臂宽的书柜里也是满满一柜子的书，很多都是和谷、邢小利、周养俊等我们陕西作家的著作，另外还零星地放着几个奖牌：《莲湖巷》获第四届全国冰心散文奖，《周至山水》获"美丽陕西"征文一等奖，《兰草花开》获长河杯最佳作品奖。

一直喜欢陈老师的写作风格，稳健清朗、淳朴厚重，挽风雷于无声，可谓中国散文中之大家。我想，在这样的赞誉、声望和盛名之下，面对各样的追捧，陈老师是否能守住那颗执笔写作、隽永清雅、一意为文之心？

我先后拜访陈老师有两次，都是在落叶纷飞的秋季。办公室外楼道静谧无声，窗外云白天朗，无论外界如何宕动，陈老师一支笔、一张纸、一张桌、一屋书，静心写作，不浮躁、不喧嚣、不张扬，以一种低调、深沉、清澈的心，执笔书写世界的你我他、人性的真善美，令我等仰视。

作为一名散文作者，我请教陈老师，该怎样写作，写什么题材比较好？陈老师讲，"不要给自己设限、不拘一格、不端架子，你想到什么就写什么，写最原汁原味的东西。"这句话说起来简单，但是需要将心沉下去，安静地摸索写作要领。

守心，心便似沉入了深海的锚定，不由岁月的乱风吹皱，似百年风霜雨浸的磐石，不在名利的山头滚落，喜不张狂，忧不失态，静水深流，旧宅深院，独处一隅，在方寸之间，守住一颗心，这，该需要多深的修为呢。

任红尘宕动，我只是想静下心来，如陈老师那样，端坐于案前，一张桌、一把椅、一张纸、一支笔，客观写作、守心写作。

静观眼前"守心"二字，它竟从白墙上悬浮而起，愈来愈大、愈来愈重，一直拓印到了我的脑海、我的心里。

合群，是最深的孤单

很多时候，人们以融合消除不安，却陷入了更深的孤单。

以个体的消亡、自我妥协在人群里取暖，把自己裁剪成相同的款式，放进规格相同的盒子，孤单，却变得更加显而易见。

叔本华说："人的合群性大概和他知识的贫乏，以及俗气成正比。"扎堆喧闹是一种逃避，在循规蹈矩里丢失了自己，在墨守成规里成了分母，在左右逢源里蜕化消亡。人生就像在打俄罗斯方块，你合群了，也就消失了。

想起这么一句话：孤单，是一个人的狂欢，狂欢，是一群人的孤单。

所谓合群，用热络的繁华和虚幻的旖旎做成露水，滋养寂寂平淡的花枝，将艺术变成附庸风雅之物。

生而为人，不能不合群，却不能总是合群，合群，是生存的规则，而非自我的选择。

一个有思想、有个性的人，走到哪里都不会完全合群。同流而不合污，中通外直、不蔓不枝或许才是最难得的顾全。真正的出众，在荒野地里也能生出金玉珠贝。

在一档节目里，柴静采访周星驰，谈起他跑龙套的岁月。

柴静：你那个时候被嘲笑过吗？

周星驰：没有。

柴静：连嘲笑都没有？

周星驰：对。

一个人熬过了最深的孤单，就会习惯强大，惆怅里有狂喜，不安中有突破，可千军万马、攻城略地，也可鸟雀鸣枝、风吹梨花，养一副姿态万千的颜，铸一副百媚横生的骨。

平庸的人，选取热闹来填补生命，超拔的人，以孤独来成就自己，达到生命的饱满。

木秀于林，风必摧之。特立独行，是穿窗而来的光，太过刺眼，总会显得与这个世界格格不入，周遭的人忌妒你、批判你、阻碍你，以世俗的眼光逼你就范，让你在人群的冰冷里知难而退。

这并不奇怪。当别人都在行走，而你却在飞翔，又怎能不受人冷眼？

所有的跟风都貌似稳妥，而创新则意味着冒险。离群索居、特立独行也需十二万分的定力。

所谓坚持，并非一味地固执己见，所谓疏离，也非性格孤僻或交流障碍，而是保持精神上任性，让其超群卓绝、光芒万丈，那种最深的孤独与最大的狂欢，举世非之而不加沮，虽千万人吾往矣。

亚里士多德在《政治学》中断言人是合群的动物，但又讲："离群索居者不是野兽，便是神灵。"在某种意义上，他们无须依赖人际交往取暖，在孤独中与自己的灵魂相遇，与大自然、宇宙等神秘之物相遇，从而感到心灵的宁静、充实、满足。

长枪短戟，用各不同。每个人的人生，不是抄袭、复制别人，在一些明知无聊的事情里和无聊的人假意周旋，何尝不是一幕悲剧。

这个世界，一些人赢在不像别人，一些人输在了不像自己。

那些专注于内心、坚持做自己的人，你可以反对、敌视、质疑、嘲弄他们，但绝对不能漠视他们。他们曲高和寡却心存大志，站在思想的高处，享受寂寞、隔离和孤独，孤舟蓑笠翁，独钓寒江雪，独与天地精神往来。

当合群的人在所谓的规矩里沉没、在虚伪和庸俗里随波逐流，真知灼见者以强大的精神绝地坚守后，活出了自我滋味，过着有腔调的人生。

空山明月，一盏淡茶，槛内繁华地，独守荒凉处。

第二辑　染香

每个喜欢花草的人，久而久之，都染上了一颗柔软而美好的心。

愿全世界的花都美丽盛开着。岁月像蝴蝶飞去，

我们沿路走着，即使烟雨不散，也会花香染衣。

阴晴

生活里，一些相悖的事物总能引起人的注意，比如阴晴，有时在天空，有时在心里。

有时，天是晴的，心却是阴的；有时，天是阴的，心却是晴的。还有时，天晴着，却总担心天要阴下来，天阴着，但却知道明日天就会晴。

心晴而天阴的时候，树木、街道、房子都是灰色的，但心里是透亮的，有一支歌破窗而去。天晴而心阴的时候，世界上仅有的一点亮色也都被遮盖了，心空上，覆着一层薄薄的云，飘过来，飘过去，几欲落雨。

有些不约而至的闯入，或突如其来的抽离，骤然就会让心情低落。想寻的人不在，想做的事未成，一件小小的心愿未了，心就会阴上好一阵儿。

心阴的时候，盛装在窗帘后的身影里的心湿漉漉的，无数个轮回里，春天总显得那么遥远，哪怕满世界的花都开了，你却看不到，你只是剥开了洋葱，在层层叠叠的鳞片里，淌下自己的泪。

若心晴着，你和你眼里的对应物，像同一架竖琴上的琴弦，相和着发出朝露般的琴音。即便天是阴的，你站在荒野，也好似花开在风中，你会听到风的激辩、水的歌声，会毫无来由、了无芥蒂地爱上身边的事物。而且，这些事物皆是风景。

一个，无非是饮着一杯，色泽鲜艳、妩媚的酒，质地醇厚、弥着淡淡的苦味。一个，则是跨进一座森林，看到了绿色的原野，将所有的烦恼，都化成安静与平和。

地不过高低，天无非阴晴，都是平常事，变化，是世界的常态，好与不好，只在于自己的眼光和品位，惊的，只是自己的心。

凡事都有定数，生有时，死有时，栽种有时，拔毁有时，欢跃有时，哀恸有时。这是所罗门的智言。那么，春有百花秋有月，夏有凉风冬有雪，再阴晦的日子，也总有放晴的一天。这每一天，便是人间最好的天，每一刹那，都该欢欣感激、顶礼膜拜。

斯泰恩说，身在沙漠，也会爱上柏树枝。天晴着，白色的光打到森林、湖泊，打到角落的褶皱里、黑暗里，甚至重重荒原、茫茫山川。但阴天亦自有奇妙，孕育着一场雨、一场风，甚至彩虹。

阴、晴，雨、雪，风、云，构成大自然的一部分，天晴、天阴，还是天；喜、悲、苦、乐、爱、憎，构成了人生的圆满，心悲、心喜，还是心。

《五灯会元》讲："大道纵横，触事现成。云开日出，水绿山青。"

长夜过去，翌日，万里稻香叫醒你的嗅觉，刺眼的白云下，孩子们在河里戏水、挽起裤腿捉泥鳅，耳边传来拖拉机、收割机的轰隆声。母鸡下了个热乎乎的蛋，从鸡窝里跳出来，扭着肥大的屁股摇摆着离去，时光逝若奔兔、若迅鸟，转眼即去，还有什么比这更值得欢喜的呢?

　　很多事情，如戏曲的板眼，不论是一板三眼还是一板一眼，都有其条理和节奏，万物负阴而抱阳，天由阴而晴、又由晴转阴，自然流转，虽有不确定，但还好，心晴着，天就晴着。

秋之怀想

在最后一波热浪席卷之后，秋就来清理战场了。

它引来了源自最高的山，或是最深的洋的风，掠过田畦、跨过沟渠、越过山坳，以铺天盖地之势冲锋陷阵，漫山遍野插上自己的旗帜，吹起蓝色的、红色的、紫色的喇叭，告诉沉睡或劳作的人们，"我——来——啦！"

它将魔杖一点，天地就陡然换装了，像上帝从高空撒下一把染料，染红了山川，染黄了田野，吹掉了满山枯叶，吹落了篱头花瓣，吹得灰黄的土地上升起袅袅墟烟。

石榴绷不住脸了，"扑嗤"一下，笑得咧开了嘴，棉花开心地吐出了絮，稻谷、玉米各自站成一道风景线，银杏摇落满身黄蝴蝶，秋菊俨然成了百花之王，"秋风忽起溪浪白，零落岸边芦荻花"，一场纷纷扬扬的多情芦花雪，又悄悄递去对冬的召唤。

载着沉甸甸的希望和失落，秋像一列不屑回头的专列，跳入车窗的一帧一帧、一团一团的秋景，薄雾遮住的青山，秋霜洗黄的野草，都向后退，它只管"哐当""哐当"地向前开去。

至于这伟大时刻的秋之章节，则由风去开篇，落叶分段，果子总结，立秋，处暑，白露，秋分，寒露，霜降，一字字，一行行，都走得潇潇洒洒、铿铿锵锵。

"彼采萧兮，一日期不见，如三秋兮。"思念也熟了，人们要聚一聚，于是有了要过的中秋节。至于祭飨天帝、祖先恩德，则属于重阳节，《吕氏春秋》中《季秋纪》载："（九月）命家宰，农事备收，举五种之要。藏帝籍之收于神仓，祗敬必饬。""是日也，大飨帝，尝牺牲，告备于天子。"这样的举国心意，又怎能不得到上天的护佑呢？

秋也必定会露出狂野峥嵘之心，密云暴雨催生潜藏的洪流，滔滔决堤的江岸一泻千里浩浩荡荡，但毕竟，太阳虽依然明亮，却不再猛烈，不再烤炙人的脊背，稍有了宽怀、包容之心。空山、残照、新雨、西风都成为它的钦差大使，洋洋洒洒莅临，并对每一处指手画脚。

它还擅长繁缛华茂，撩人心意，你看得到飘然而下的落叶，铺在地上沙沙作响的落叶毯，感到从前心到后背的萧瑟，也能看到大自然对生命的赏赐，带着金色果实缀成的硕梦，推门而入。

金黄的稻谷迫不及待地等着收割，"霜降不割禾，一天少一箩"，黄橙、绿橘挤挤碰碰，大个子玉米也掰下来装进车，高粱羞涩红了脸，羞赧地垂下了头，秋收的画卷一一铺开、书写，只待最后"咚"的一声，盖上鲜红的秋的记戳。

露水下来了，攀上草尖，打湿田埂，秋意就在月亮升起时悄悄溜进来了。虫儿在暗窗下窃窃，在深草里嘤嘤，阜螽趯趯，蚊蚋对自己的生平在缓慢的飞旋中作以回顾，挥翅告别。

几十次破晓，秋日穿着皮鞋，橐橐地敲打着柏油街道，雨水从树杈的最后一片叶子上滴落，"啪嗒"砸到路面上，粉身碎骨。

衰草残茎，夕阳绮照，柔和恬静，阔水卑地，秋来了，没有一丝哀叹。云却更白、天更蓝，飞鸟最后一次丈量了天的广阔、宽度和高度，振翅向南方飞去。

关中面食

"八百里秦川尘土飞扬，三千万老陕怒吼秦腔，吃一碗油泼面喜气洋洋，没有辣子嘟嘟囔囔。"这是贾平凹老师在《废都》里的一段话，是说陕西人爱吃面食，一天不吃，心里不爽，三天不吃，浑身没劲。

陕西关中的面食做法多样，有臊子面、摆汤面、蘸水面、蒜蘸面、搅团、老鸹撒等近百种，关中文化，很大一部分是其面食文化。被称作"金城千里，天府之国"的关中平原，有着适合小麦生长的钙质土壤和温带季风气候，产出的小麦面筋道白皙、易揉易和，不论擀、揪、扯、拉、削都有它独特的魅力。

在陕西都城西安，不论正街还是背巷子，面食既能登得上大台面，也能充实小台面，是当地人难以丢舍的主食。

麻食也叫"猫耳朵"，是关中人非常钟爱的一种面食，可精做，可懒做，可荤吃，可素吃，做法简单时尚，但需掌握要领。和面要稍软，醒十分钟，面揉光、搓细条、切小块，在麦秸编的净草帽檐上用大拇指轻轻一搓，就卷成了一个个贝壳状的面卷，即生麻食。做麻食需要有多样的蔬菜相配，胡萝卜、豆腐、木耳等蔬菜切丁，炒七分熟，将提前泡好的黄豆下锅，水烧开，下麻食，煮两开后将菜下锅搅匀，再咕嘟一分钟，打鸡蛋絮、滴两滴香油，就可以开吃了。关中人端着老碗圪蹴在土院儿，吃着汤汤水水味道爽滑鲜美的麻食，白墙绿瓦，鸡鸣狗吠，爽呆了。

　　十多年前，在西安钟楼附近，有一条安静古老的小巷，巷子里坐落着一家饭馆叫"老董家麻食"。老板是一位女士，皮肤红润，经常带着谦和的笑，给客人上了麻食后，就静静地坐着望着巷子口。老董家麻食小巧如黄豆粒，胡萝卜、肉丁、麻页、土豆、黄花菜、黑木耳等二十多种蔬菜，汤汁浓郁、味道鲜美，一些好这口的就闻讯而来。钟楼本就是西安美女的集散地，常有一些穿着时髦的美女来这里，将鲜红如血的油泼辣子一勺勺调进碗，修长的素手抱着一大碗麻食，勾着细细长长的脖子，头也不抬呼噜呼啦几分钟就吃完了，扯张纸把嘴一抹，就踩着拇指粗的细跟鞋嘎吱嘎吱抬腿走了，简直是一道奇异而又美丽的风景。

　　锅盔是陕西八大怪之一，在关中面食中占有一席之地。我特别爱吃母亲烙的调和锅盔。她每次把面起好后，加一勺碱，揉得光光的，揪上一大块，用小擀面杖擀开，抹油、撒芝麻、加茴香末儿，再顺势一卷，捏揉成团，擀成一个盆口大的圆，等铁锅热了，用油刷给锅底抹油，然后把面放进锅，按着面转一圈，为防止面鼓气，就用筷子在锅盔上均匀地扎几个眼儿，灶台的火不能大，等一面烙焦黄了，再翻过去烙另一面。十来分钟后，锅盔两面金黄，油油脆脆，喷香喷香的。

　　但小时家中贫寒，烙锅盔费油，母亲平时只给我们蒸甜馍。甜馍就是不加调料，面发酵后，加碱揉光，切成块状或揉成圆形，放进笼屉，大火把水烧开，等围搭的草圈吞云吐雾腾腾地冒着热气时，用中火蒸 10 分钟，这时能听见瓦托在锅底"嗒嗒嗒"地响，然后小火再蒸 20 分钟，馍就可以出笼了。出笼后的馍馍颜色黄黄的，忍着烫掰开一个，能看到大大小小的马蜂眼儿，张开嘴咬一口，有一股子甜丝丝的麦香。

其实，蒸馍凉了要更好吃些，那种香甜的滋味就更明显了。家里为了防止老鼠偷吃，都把馍笼高高地吊在空中。记得每天冬天上学时，我都会搬小凳子，踮着脚，从馍笼里拿出两个带着冰碴子的蒸馍塞进书包，到了学校也舍不得吃，一直挨到两节课后才拿出来坐在座位上大口撕咬，两个馍下了肚，却还觉得肚子里空空如也，于是只能呆望着教室外飘落着的雪花，回味口舌中残留的滋味。

不怕人笑，关中人就是这样，吃了一辈子面食，但见了面食还是依然那么搡眼。

有天我去二伯家还铁锨。二婶刚把面条捞出锅、浇上臊子，碗里还冒着煎腾腾的热气，二伯就有点等不及了。从盆里捏了头蒜，三下五除二去了蒜皮，用粗糙的大手端起老碗，挑一筷子油泼辣子塞到碗里，顺着碗边拌和拌和，就一边挑面、一边鼓起腮帮子、把嘴凹成"O"形，对着面嘶嘶吹了两下，然后用筷子把面高高挑起，迫不及待地把嘴凑过去，吸溜着吞进了一大口面。但面实在太烫了，他不由得皱起眉头闭上眼睛梗着脖子歪着嘴巴让面在嘴里打了几个转，发出呼啦呼啦的声音，但随着那喉结的反复蠕动，面还是一往无前地下了肚。

二伯吃一口面，就一口蒜，"咣咣咣"一碗面很快就吃完了，碗底连菜汤也一滴不剩。二婶气得直骂，"你是饿死鬼托生的吗，就不知等凉点再吃？"二伯把碗递给二婶，头一拧，"管天管地，管不住人吃饭放屁，快给我再舀一碗。"看见我在门口，二伯一边客套地招呼我，"英子，让你二婶也给你捞一碗面吧？"一边自己吃得风生水起，把面吸得哧溜哧溜的，菜汤乱溅，我口水都快流下来了，却慌忙摆手说不用不用，然后"腾腾腾"地跑回家去让母亲也给我做面。

我家的面是今年的新麦磨的，白里透着黄。母亲从瓮里舀了两碗面倒进面盆，用洋瓷缸加水和起来，一边揉推，一边将盆边上的面絮拭擦干净，她跟我说这叫"三光"，面光、手光、盆光。关中男人找的媳妇儿若是和面时盆上、手上都是面疙瘩，会叫隔壁两邻人笑话，男人也会抬不起头。

母亲把面和成一团，在案板上撒上面粉，继续揉推，等揉得光滑后，用面盆一捂，醒上几分钟。这几分钟她也不闲着，得空剥蒜、剁葱，收拾停当后接着揉面，把面揉得像小媳妇儿的脸一样光，把面压扁，用擀面杖开始擀，把面转着圈地擀成一大片，捏住面沿忽闪一下，整案的面就在中间鼓起一个虚泡。等擀得案板都放不下了，就撒上面扑，用擀面杖把面半遮半卷地苫半边，再一点点卷起来，一正一反一推一拉把面绽开、折叠，用刀"嗡嗡嗡"切成韭叶宽，烧水下面。

面捞入碗，母亲撒上葱花、生蒜末、盐巴、辣椒面，从滚沸的油锅里舀出几乎一勺油，猛地浇泼在调料上，"刺啦"一声，一团烟雾升起、四散，面立即变成了焦黄色，我端碗用筷子一搅，调醋拌匀，

"呼噜呼噜"大口地吃起来，面又鲜又香，真过瘾，我吃得满头大汗，吃完后碗净得跟洗过一样。吃完面，我再盛碗面汤"灌缝子"，原汤化原食，妥妥帖帖。

关中人都知道，要想面条有嚼头、有筋丝，"和面"就要注意软硬，而且要揉到位。大家不爱吃粘粘面、短节节面，面要有筋丝、有韧性，一根一根不粘连，才觉得爽，就像关中人的性格一样，不爱扭扭捏捏、娇里娇气的小媳妇，就稀罕泼辣厉害能持家的女人，把自家男人匣得住住儿的。

"一碗面条一折戏，看了秦腔去种地"，关中人爱吃面食爱到了骨子里，两天不吃面就跟丢了魂儿一样。对他们来说，一碗面条，赛过山珍海味，一口面汤，胜过玉液琼浆，每天能吃一碗面，那活得才叫滋润。

光阴

　　光阴如梭，忽焉就踏过了四十岁的门槛，才知觉自己为何变得忧思喟叹、又容易着急了。

　　光阴低调地行走，所过之处均留痕迹，即便日日雪花膏滋养的脸，也消失了牛奶般的润泽，成了一只暗哑无华的旧瓷碗。

　　没有谁能留住它的脚步，日晷渐短、又渐长，从晨至昏，从落满肩头的雪花到蜂鸣蝶舞的春花，从漠漠水田、阴阴夏木到空山新雨、月满西楼，人在变、万物在变，唯它脚步依然。

　　它霸占了多少的计量单位以及名词、形容词呢？黑白、阴阳、年日月、时分秒、春夏秋冬、子丑寅卯，如飞、如水、如马、如迅雷、如闪电，一瞬息、一眨眼，便教悲喜颠倒、万事倾覆。

　　它是初始，日之初现，花之初生，霜之初凝，是雏鸟第一声鸣啼，是羊羔踏下的第一只蹄印，毛毛虫颤颤伸出嫩生生的翅；它是当下，是"嘀嗒嘀嗒"一圈又一圈转动的钟，是海滩上嬉闹的人儿和扑打着脚面的海浪，是古老废墟里潜滋暗长的漫漫荒草，是相爱的两个人儿在愈来愈亮的天光里，从深夜相拥到黎明；它是结束，瓜熟蒂落，峡谷乍裂，高山夷平，到最后，再平淡，也会被记起，再风光，都会被埋葬，熙熙攘攘一抔土，终究都随了风。

或许，它是一位高深的哲学家，在长长的纵轴线上，让过去过去，让未来未来，让无至有，让有至无。但它更像一位魔术师，一挥袖，青山两岸、粉墙黛瓦，一顿足，花开荼蘼、独倚西楼。

"日月何忙忙，出没住不得。使我勇壮心，少年如顷刻。人生石火光，通时少于塞。四季倏往来，寒暑变为贼。偷人面上花，夺人头上黑。"它总是悄无声息，在你昏昏然、施施然、一低眉、一蹙额，或是瞻前顾后、犹豫不决、忽忽如狂、漫不经心的叹息声里遁走。

光阴煮了一杯茶，由热到凉、浓转淡，点上了一炉香，由明到灭、燃成灰，行着行着，蓦然一惊，天哪，竟然马上要到终点了。

在不断简单叠加的数字里，光阴盘旋于你的唇间，进入你夜莺般婉转的歌喉，从生涩沙哑的嗓音里飞出，俯于你耳边，听你最后一声气若游丝的哀叹。它像一匹光滑柔软的锦缎，你一手捉布，一手持剪，"咔嚓"下去，一半，是不能回头的过往，一半，是不可预知的未来。

光阴细长轻柔的手指从平畴伸来，抚摸一个人稚嫩的脸、硬朗的肩、壮硕的臂，最后，摸到了瑟瑟的几茎白发和冰冷的墓碑。它的缥缈更甚于空气，你看不见，听不到，摸不着，却无处不在，在无涯际的浩瀚时空里，它拖着长长的尾，"嗖"地一下，倏忽难寻。

在一张又一张撕下的日历里、一轮又一轮的月缺月圆里，它呼啸着走过了一帧又一帧的风景，履历里又增添了或轻或重的一笔。然后从逼仄走向旷远，高唱着那"风萧萧兮易水寒"，便一去不再回头。

　　冯骥才在《时光》中说，植物死了，把它的生命留在种子里；诗人离去，把他的生命留在诗句里。

　　那么我们，在百年虚数、旋生旋灭的时间里，在每个年初到年根儿的轮回里，又有多少光阴都抛入了尘嚣呢？

一个人的名字

世界上由使用次数决定重要性的，名字位列其一。

唐诗人李益有一名句："问姓惊初见，称名忆旧容。"遇到了阔别多年的友人，竟茫然不识，报了姓氏之后印象仍很模糊，最后提到了名字，昔日的音容笑貌才浮现出来，宛如昨日。

名字就像耕地的犁铧，越用越锃亮，常年不用就会生锈。若是一天没有被人喊，觉得清静，两天三天就会孤单，一月两月没有人喊，便落上了一层灰，一年两年没有人喊，便悄悄埋入荒冢。

凡人必有名字。以前的人给儿孙取名为"狗剩、狗蛋儿"，并非对其不重视，而是贱名宜养。《诗经》里"有女同车，颜如舜华……有女同行，颜如舜英……"，于是有很多女子取名为舜华、舜英，希望自己像木槿花那般坚强而美丽。

所在的西安城，即曾经的古"长安"，意为"长治久安"，为此，一将功成万骨枯，历经了大大小小多少纷争和战乱，终究，长安城在细雨纷飞里得到了片刻的安宁。

名字，有着独特的能量和信息，好名字活在名声前，名声煊赫在名字后，注重名字的人，注定要为名字劳苦一生。

桌子板凳没有名字，它们在人的臂膀下、屁股下。老虎虫子没有名字，他们不入庙堂，在山野间闲散游荡。

花儿很美，有品类，没有名字。它属于每个人，开在人的心里。漫山遍野的草木没有名字，只是一片一片地葱茏着，晃着人的眼，即使凋落了，也存于人的记忆里。

自然界的风雨雷电没有名字，说来就来，说走就走，自由散漫，但一些来自大洋彼岸的飓风，渐渐有了自己的名字。

有些名字，人们把它喊得很轻柔、很小声，有些名字会被叫得很响亮、很高亢，有些名字被提起时，带着戏谑和调侃，还有一些，提起它的人就会不由自主地骄傲起来。

有些名字你要绕着走，有些名字，人喊着，要颠颠儿小跑着弯着腰、伸出双手，有些名字在岁月深处也闪着光亮，有些名字，历经光阴洗刷还是灰溜溜的。

名字本来没有什么意义，年久日深，长出了苔藓，也包上了骨骼和精神的浆。但那朵叫作百合的花，即使换作其他名字，也会一样的芬芳。

当有人提到"康娜"这个名字时，我觉着像是在讲一棵草，在荒野里绿着、黄着，微笑着、摇摆着，疼过、乐过，长成了自己的脾气和性格，拥有自己的风姿和长势。但很多时候，这个名字都在茫然地向天空凝望，风来了，雨来了，后来，这个名字枯了，埋在了雪中。

有些名字，是世上最短的情书。

纪弦在《你的名字》中写道："用了世界上最轻最轻的声音，轻轻地唤你的名字每夜每夜。写你的名字，画你的名字，而梦见的是你发光的名字：如日，如星，你的名字。如灯，如钻石，你的名字。如缤纷的火花，如闪电，你的名字。如原始森林的燃烧，你的名字。"

每个人的名字最独特的意义在于，它在某个人眼里，是最短的符咒，是他手心的小鸟、舌尖的冰块，他为这个名字热气腾腾地活着，也为这个名字肌骨生寒地痛过。

人们把名字顶在头上，或攥在手心里，过了很长很长的时间、走了很远很远的路，最后发现，一生里，竟然没有活成自己，只是活了个名字。

几十亿的名字里，有很多名字都默默腐烂了，成了泥土或花肥，或是随流水冲走了，还有一些名字，本就是风中的草芥和尘土，有些名字却"嗖"地一下腾飞到天上，镶嵌成夜空里的星。很多时候，人的名字早被别人遗忘了，但擎着这个名字的人，还在热热火火地瞎忙碌。

一个人本身没有名字，一个人其实有很多名字，一个人活着活着，就活成了他的名字，一个人活着活着，就萎缩在了名字后面，留在世上的，只剩下了一个名字。

染香

（一）

多年前，在老家县城集市上买了一盆茉莉，让母亲养在土院里。

可能是土肥水厚的缘故吧，仲夏去看它，枝叶被滋养得绿莹莹的，精神得很。正值花期，一朵朵绽放的白花像公主的纱裙，同枝再横斜地伸出两个白色的花骨朵儿，满院子飘着淡淡的清香，立时，整个土院都有了贵气。

母亲又剪枝移栽了两个花盆，长势都很旺。忍不住将长得最好最旺最香的那盆搬上车，拉回城里的家，放在阳台上。

开始学母亲那样，倒点淘米水、把鸡蛋壳扣到土上给它增加营养。闲来就浇水，阳台上有风、有雨、有阳光，就等着它美美地长开来、清香四溢。谁知眼看着那花就败落了，枝叶一日日干枯萎缩下去，根也溃烂了。好好的一盆茉莉，竟然就那么香消玉殒了。

我电话问母亲为什么，母亲说，你每天那么忙，没有时间照料。花和人是一样的，都要用心对待，通风、光照、浇水、施肥都是有讲究的，像你这样饥一顿饱一顿地对它，它怎么能好好活下去呢？

很怕自己喜欢的花花草草不经意间离我而去，于是只能眼看着每日晚上楼下卖的那一盆盆花草"啧啧"兴叹，迟迟不敢出手再买一盆回来。

（二）

家隔壁住着张奶奶和她老伴儿，她家阳台和我家的相望。

每次见她家阳台葱葱、郁郁生机盎然的样子就羡慕得很。春天的鸢尾、夏天的栀子、秋天的木槿、冬天的一品红开了，我都会深呼吸，趁机多嗅几口花香。

她家的阳台和我家的差不多大，三四个平米，在小小的一个空间里打理出了一个美丽的国度，绿萝爬满墙壁，木制的花架子上高高低低、红红绿绿、重重叠叠地养着各种花草：巴西铁，螺纹铁，红掌，绣球，栀子，丁香，木槿，石榴，水仙，蟹爪兰，发财树，还有一些是我叫不出名的。

张奶奶七十五，满头银发，但人一点都不颓，腰板直直的，走路带风。她老伴儿半身不遂八年了，张奶奶养花也八年了。春天到冬天的花，她都一盆盆地买回来，我偶尔帮她搬花，问她怎么这么喜欢花，她说，我家老头子喜欢，想让他一年四季都能闻到花的香味儿。

清晨，常见张奶奶提着喷壶给阳台上的植物浇水，认真地挑摘着那些枯枝败叶，拨开枝叶给花草上肥。她的老伴儿，窝在一抹晨曦追光的藤椅上，在弥漫着花香的小王国里，歪着头、斜着嘴、涎着口水，神情迷离。那幅景象，像一幅暖色调的油画，优美祥和。

我想，老伴儿的心里一定正开着一朵芳香馥郁的花吧。

（三）

单位有一位胖胖的女同事，手也肥肥的、全是肉，她侍弄花草实在是行家，窗台、地上、办公室桌上都是瓶瓶罐罐枝枝叶叶。最神奇的是，她从其他地方剪一些枝杈插到土里、瓶子里，那枝芽就像得了圣水般成活、疯长起来。

每次进她办公室，都会被那些花花草草夺了眼球、吸引了去，然后好奇地逗弄那些娇嫩的小东西。

我们的早点都是千年不变的牛奶面包凑合着吃，但她每天都早起，给老公和儿子做好早点才来上班。还变着花样地带着自己做的香椿、辣椒炒鸡蛋、卤蛋给我们品尝，一袋鸡爪、一角千层饼，都是她亲自下厨做的。

她虽然胖，但男人都羡慕能娶到这样的女人。因为，她把每天的生活都打理成了一幅画、一朵花，像她桌上瓶中的那朵青莲。和这样的女人过日子，温暖生香。

（四）

和爱人去了长安区的航天基地，很偏僻的地方，却发现了大大的宝藏。

　　大片大片的薰衣草、波斯菊、秋樱、串串红、鸡冠花、鼠尾草、金盏菊花田，在初秋的天气里，这些花儿自顾自地开着，红艳艳、紫莹莹、粉嘟嘟、黄灿灿，任性地招惹着你。

　　就连基地门口大树下的花坛里，一盆盆孔雀草也开着黄的橙的花，挨挨挤挤地排列起来看着你，实在可爱至极。

　　我拿着手机拍，选各种角度。拍完了，该走了，又恋恋不舍。四下张望，偌大的基地，竟空无一人。我看着爱人，又斜着眼睛看着花，努了努下巴，"嘿嘿"干笑了两声。他史无前例地会意了。

　　爱人脱了白色短袖，铺开衣服往下一落，轻轻覆盖住一个小花盆。我穿着大花裙子，站在花坛上瞭望，确信无人，对他点点头。他拿衣服裹住花盆，一兜，把手背到后面，装作若无其事地散步，向对面马路的车踱过去，我亦步亦趋，在后面打着掩护。两人胆战心惊地把花盆搬到了路对面的车上。

　　秋风送爽的天气，他的额头、背上竟然沁出了一层虚汗。我们上了车，发动，都不说话，提着气"呜"地一下把车开到老远才在路边停下来，然后哈哈大笑。

　　爱人长得黑乎乎的，一个粗枝大叶的糙男人，但每次看到那些盛开的花儿，他的眼神就迷离如梦幻，轻抚着花枝的手也变得温柔起来。

　　而我，就是被那种温柔迷倒的。

（五）

我心里，花草是世界上最美好的事物。

从闹市到深山，细小玲珑的、雍容华贵的、娇艳逼人的闲花野草，片片红霞、团团白雪、朵朵黄云，不分青红皂白地开着。不管你是衔它于发髻，或是别它于耳际，它只管娉婷于你鼻息间，以千娇百媚的姿态、浓郁醉人的香气不负责任地诱惑着你，把你的心一点一点浸泡、软化、消融，不管你是多么浮躁、愠怒、不安、坚硬，这一刻都安静、温柔了下来。

每个喜欢花草的人，久而久之，都染上了一颗柔软而美好的心。

愿全世界的花都美丽盛开着。岁月像蝴蝶飞去，我们沿路走着，即使烟雨不散，也会花香染衣。

小峪

中伏之中，与友人驱车前往小峪。

过了环山路，"秦岭"石碑矗立路旁，道路开阔平坦，街道两旁垂柳阵列，偶见车上游人与卖瓜者攀谈问路，顺道带两只西瓜上山消遣。沿路继续行走，途经郑家坡村，村上人声鼎沸，臭豆腐、铁板烧等叫卖声不绝于耳。

进入长安区王莽乡境内二十分钟车程，便看见前面一座大桥横卧，已有旅客弃车徒步登山。

刚入山口，左边溪谷深不可测，右边高山壁立千仞。头顶青色山石如斧劈刀削，其纹路清晰可见，一块块镶嵌于山上，山石紧紧相依，盘旋而上，直冲云霄，嵯峨雄伟，不可名状。

愈往里走，山石碧青依旧，纹路却大有不同。有石若轻风掀起的微澜细浪，有石若大风刮起的狂波巨浪，其形怪异、姿色绝伦，如同削成的层层青玉片，将天与地远远相隔。

再往里走，山石更加耐人寻味。大块的石头纠成一团，犬牙相交，错落崔嵬，凌乱不堪，色呈土灰，有如幢幢墓碑，苍苔紧贴，潜鬼伏怪，恐怖阴冷。

山还是这座山，一里之外，山石却再起变化。大块的奠基石上，无数块土灰色石头一个压着一个，重重叠叠，一直叠到天上，好似喘不过气来，又好似难分难舍，紧紧拥抱，没有缝隙。峭顶高危，罅坼啮缺，不可多见。

到了小峪水库，远处山峦青青，近处碧水潋潋，与环绕着的青山相偎成趣，山峦、碧水、山石、树木，一切似乎陡然安静下来，耳中，只听到小溪欢快的叫声，一路奔向山下。白云，就浮在头顶，俯视一切。

天愈加地蓝，如一颗巨大的宝石，耀得人无法睁眼。云却偷偷顺着山顶爬了出来，有些调皮地探出了头，有的却用尾巴探路，轻轻飘飘游荡在山顶上方，却又好似害怕迷了路，久久逡巡在山顶，不敢离开太远。

渐渐地，云儿欢快起来，变成一只淘气的马驹儿，一边蹦跶着，一边回头与老马嬉戏，而其他云朵，集合在一起，观望着这亲子游戏。谁知，天上又飞来两只白色的大鸟，互相争夺着什么，你啄我，掐起仗来。

有些云，棉絮似的，轻轻飘飘、丝丝缕缕，像薄雾、像轻纱、像鱼鳞、像羽毛，轻轻地来了，又淡淡地散了，潇洒自如、不着痕迹。云的姿态可谓千变万化、不可穷极也。

空气如此清新凉爽，若是不下车活动活动，实在有点浪费。刚走了几步，看到一个土坯房子，顶上晒着不知名的种子。这山上多是商业化的农家乐，这样安静古老的土房，显得孤单突兀。

房屋门前坐着一位老太太，正在簸箕里挑拣着灰不溜丢的种子，她操着乡音告诉我们这叫"vuling"（后来我知道那叫五味子）。浅褐色、淡黄色的"五味子"一串一串堆在簸箕里。

老太太约莫七十多岁，穿了件褐色带花的旧涤纶短袖，裤腿卷在膝盖上，脖子上挂了一个穿着钥匙的红绳子，头上的白发灰发倔强地纠缠着，皮肤又黑又黄，嘴角、眼角、鼻子、额头的皱纹深深地缠在一起。

让人的眼睛离不开的，是在簸箕里摘着五味子的手。那双皮肤浮肿的手，各个关节粗大、突出，指头粗短而有力，指甲里是树枝或泥土的污垢，那双手熟练地捏、摘着树枝，将五味子逐个捋下来。老太太每天要走上几十里山路，到了山顶，再爬树去摘"五味子"。

这么辛苦地采摘五味子，五味子应该很贵吧！老太太说，一斤"五味子"只能卖 10 元钱。

这么大年纪了，还要自己进山、爬树摘药材。我有些吃惊。

老太太灰白的眼睛没有任何悲喜。"我的两个儿子、两个女儿都出去打工了，这么多年也没有回过家。没有人给我生活费，我不知道他们在哪儿，干啥，他们也没人给我打电话，我给他们打电话，他们都不接我的电话……"

老太太拿袖子蹭了蹭眼睛，"我掌柜的不在家，也不给我钱花，早上我买了一斤西红柿，他还骂我乱花钱……"

老太太混沌的眼里流淌着一条茫然的河流，我的心窝却有一股凉意渐渐渗出。

第二日，《西安华商报》报道：小峪山山洪暴发，路断、塌方，大水冲走了九个人。那个岌岌可危的土坯房，还有房里的老太太，不知可好。

忽而岁月已迟暮

一个人，站在回忆里，斜倚栏杆，晚来风急，桂花犹落。

一副倦怠的面庞，是憔悴而写满故事的沧桑，是浓脂重粉遮不住的山川河流。干涩的薄唇轻触那晶莹剔透的杯盏，却无意留下了斑驳的朱印。

穿上了心爱的鲜红旗袍，却再也没有了原来的风韵，枯瘦的四肢从裙摆、衣袖里穿出，像一只干巴巴、没有生气的衣架。盈盈而走，只是一具移动的风干腊肉。

曾经出谷黄莺般的妙音，如今也变得沙哑、干涩而粗糙，像是一条再也洗不干净的旧抹布。

最为难堪的是，胸前的丘壑，成了没有质感的棉花糖，如一缕沉醉的风，轻飘飘地，没有了方向。

这一生，本想活成一朵花，谁知却站成了一棵树，本想汲取一滴露水，不想却汇进了一条河沟，本想拥有山的高度，不想却落入深谷。

最终，是时光太毒，让你变成了自己当初最不屑的那个样子，一个啰唆的娘，一个多疑的妻，一个凡事斤斤计较的烟火女子。

一生啊，总在走一条长长短短的路，念一首平平仄仄的诗，迈一个深深浅浅的步，记一个心心念念的人。

可惜，最终你老了，老得春风都拂不动，你好似一个赌徒，用一生的时光，将所有的年华与青春、身姿、美貌都输得精光。你的眼里荒草丛生，只决意一人，与这山、与这水，相伴而终。

阳光里，微尘曼舞。伸手去抓青春的尾，攥住的，只有冰凉的手。

爱情，曾经的爱情，该是多么遥远的一场春梦？

这一路，是怎么走过来的，已经记不清楚。记忆中，曾在生命中出现且深爱过的人，还是各自走了各自的路。

少年，曾经的少年，该是怎样的浪漫葱茏？别人尚在花开，而你的草木已凋零。走过了年华似水的春天，最后都落得这般光景。

曾经，钿头、云篦、罗裙、美酒。而今，朝去、暮来、枯荷、残枝；彼时，花香，风暖，天涯。此时，旧词，夕阳，浊酒。

斑驳的城门，盘踞着老树根，世人兀自忙碌，而你却只将往事回味，来日，不再方长，只有不久。

热闹过，执着过，沦陷过，人海里张望过，红尘里彷徨过，到了最后，却都是生命的过客，只是渺渺大千里的一粒微尘。

温一壶酒，往事却喝不够；煮一杯茶，便将未来的光景看个透。曾经，多少人阻拦你前行的路，到后来，又有几个人能陪你一起走。

曾经的舍得、舍不得，都得舍得；曾经的快乐、不快乐，终究淡去；曾经爱你的、你爱的，最后，都离开了。

电影里说，唯有美人，才谈迟暮。回过头，往事，如一场美丽而匆匆的电影。

盛装在记忆里的那一树花开，至死不朽。

若再见你，我将如何致意

（一）天空是空

"假使我又见你，事隔经年，我应如何致意，以沉默？以眼泪？"一字一句，悲凉涌起。

假如见你，一定会微笑地道一声："你好！"之后该如何说起？

每一朵花都有它无法言说的记忆，踌躇在心底的往事，似暗夜之灯明灭，亦如冰冷的潮水，一遍遍拍打心之河堤。

时光的缝隙里，还残留些往日点滴，鸟雀、白云，湖水、鸥鹭、秃岩、松鼠，在寒风凛冽之前，一切都美。

别离的大雪冰凉了足迹，梦中的白马倏然而逝，我轻轻掩住残破的心瓣，无声饮泣。

都过去了。飞鸟掠过的天空看不见痕迹，对于所有的事情，都该装作不介意，既然是流水，只能以落花相对。

漫天飘洒的雨丝，是寂寞秋的清愁。你是我不愿思想的曾经，不愿提及的伤痛，所有的真相都苦不堪言。

恩宠的日子，以为是凤冠霞帔、十里红妆，谁料想，到后来，东风弹泪、打马江南，离开的，是舍弃的陈酿，奔赴的，是细白的好时光。

但还是要庆幸，所有的事都不会重来一遍，挣扎的躯体，剧痛的大地，不安的心，就永远待在从前的记忆里。

星辰隐没，潮水消退，天空是空，不留一物。

（二）"你还好吗？"

"你还好吗？"你一定会这么问。

而我，一定不会告诉你我曾病入膏肓。无论当时的放手，还是如今的相逢，你永远不会猜透我的心，我遥远得像天上的月亮，纯洁而诡谲。

"置我死地之人，也给予我后生。"

有些事，即使失而复得，却无法死而复活。熟悉的，陌生了。温暖的，冰凉了。钻石光彩夺目，却冰冷坚硬，心以泪氤氲，却温软柔嫩如初。

经过大难而向生的人，睁开眼，仍是自己，却已不是自己。那些曾见证过誓言、背叛、疼痛与成长的人，如今都已经离去，心的篱墙里，重新栽种下百草的香、百花的美。

若再见你，即便不是各怀心事，千言万语亦不知从何说起。多年前，出演言不由衷的别离，多少年后，成了沉默的身不由己。很多话，一出口便成亵渎。

曾打开过所有的门，只怕你不懂，而今，关掉所有的窗，只怕被你看穿。即便往事鱼贯而入，也会云淡风轻挥手之间。

从前相爱，如今莫提，不是情怀已变，而是光阴难以匹敌。既然握不住时间，那就悄悄放走流年。常青藤爬过了藩篱，我只会静静站着。"危险的事固然美丽，不如看她骑马归来。"

红尘半卷，山河破碎，心似荒原。本以为奏响优美的主题，谁知刚打开封面，就看到了封底。

或许感叹，当初是如何自断筋骨，才修炼成如今心坚如铁，怎样的似水柔情，才能抵住君心已定！

最厚的雪，已深于夜色。

（三）眼中落进了沙粒

所有的意愿都是用来放逐的。树与树，飞鸟与飞鸟，本以为可并肩而立，最终却遥若云泥。

当我春风含笑、唇红齿白灿然出现于你面前，只为了告诉你，我很好，且不愿有插曲，无意去改变。

你曾给予我一场美丽的雪，而我已接受了，一场不可置疑的春天。

往事只是一行凌乱的蹄印，新酒已成佳酿。早春虽冷，柳色依旧宜人，好酒与早春，怎能辜负？

请原谅。有一种相见，是为了告别；有些记忆被翻起，是为了抹去；有些储存与整理，无非是为了清空而已。一切的重建，只是为了打碎。

前行的路上，没有人愿意负重而行。我微笑释怀，走过撕心裂肺，原来，也可以当作什么都没有发生。

愈合的伤疤，早成来路不明的胎记。生活已经将彼此分配到不同的世界，同样的晨昏里，你与清风相伴，我拉暮色为帘，你不是我，我也不是你。

贫瘠的灶膛燃不起熊熊烈火，淡薄的世情岂能承载沉重的浓情？

风迎面吹来，忧伤如海，江山日月都向后退。

若是，我的脸湿了，那不是泪，只是眼里落进了一颗沙粒……

平和，心灵的自在

不言繁华，一个人能过到安静平和，已然难得。

平和，是"宠辱不惊，看庭前花开花落"的自在和坦然，如此洒脱的心态会让生活增姿添彩，而"猝然临之而不惊，无故加之而不怒"，则近乎圣贤了。

看一个人的风度，得看一个人临事的态度。平日里波澜不惊、一碧万顷，是道赏心悦目的风景，却因某句话、某个眼神而咬碎银牙、跺痛双脚、浊浪排空、墙倾楫摧、江山倾覆，究其根本，不是别人素质欠佳，而是自己涵养不够，不是世界太过糟糕挑剔，而是自己内心太过无力单薄。

内省之后，发现那句激怒你的话，恰恰点到了你的痛处、戳中了你的心窝。

大欲望有大疲惫，大平和有大自在。

内心扛了太多东西，放不下、丢不掉，无法平和。不为物拘，不为行役，内心旷达坦然，能从容控制自己内心的流向，无疑是最强大的。庄子面对生死，鼓盆而歌，因为他已经看通了，看透了，因而无畏了。

人生的风景，说到底，是心灵的风景，生活的愉悦，不是如何制住别人，而是如何掌控好自己。想要赢得世界的人，还需先制住那个暴跳如雷、面红耳赤、獠牙张狂而又虚弱不堪的自己。

平和的人，不是一根尖锐的利刺，随时准备刺向他人，而是用一颗包容、博大、柔软的心迎候世间万物。当然，这需要千磨万砺修来。听说，日本曹洞宗的开宗祖师道元禅师航海到中国来求禅，空手而来，空手而去，最后，只得到了一颗柔软心。

心平气则和。无论世界多么简单粗暴，内心依然柔软与安宁。

平和的人，对万事万物保持着审美的态度，于是凡物皆有可观，皆有可乐，在心里栽种了一株莲花，盛享着月光、蛙鸣，沉浸于清幽、安静，乃一生之幸。

平和的人，定是经历了岁月的沧桑和深厚积淀，流过了血泪，也看见了血泪幻化成的明珠；定是在如晦的时光里负重跋涉，经历了风雨，也看见了泥土中盛开的花朵。

平和的心是平衡沉稳的。洪应明讲"帆只扬五分，船便安；水只注五分，器便稳"便是这个意思，做事不极端，不偏颇，天地万物，各得其所，是最好的平和。

小时常听老人笑着念叨，"东西路，南北走，出门碰见人咬狗，拿起狗来打砖头，又被砖头咬了手。"当时不理解，后来明白了，到哪里都有颠倒黑白的人，与其放声痛哭，不如坦然微笑。

平和的人钢铁般的自制力表现成具有投足间的淡定自若，于是叫声如铃的鸟儿才愿意栖息在肩头，心如明溪般的人儿才肯伸出信任之手。

一个表面淡定的人，或许内心早已随山转、随江倾，平和却不然，超于物外，万事只如轻风拂面、柳丝点水，大地长空，山涧明月，水波不兴。

来来往往、形形色色的人群中，平和的人打通了奇经八脉、大小周天、融会贯通，所有的质疑、讽刺、恐吓、辱骂的不适感都化成了笑谈里的不动声色，如清风吹过般无迹可寻。

相信，一个人只有经历了一场场至深的煎熬，历尽了一波波至痛的淘漉，遭受了一次次至烈的冲撞，耐过酷暑，经过了苦寒，才寻到一颗月下观荷、冰雪煮茶、清梅独开的心。

平和，站在一个安静位置，淡看世界的热闹，也笑看世界的冷清。

拾荒者

北方的夏季也是阴晴不定的。一天之内，午时还艳阳高照着，傍晚就细雨如酥了。

古城南长安街上，雨一丝一丝地漫洒向大地，街边的草木被滋润得绿油油的。下午五六点，正是下班高峰期，大路、小路都挤满了货车、轿车、商务车、摩托、电动车，车流如海潮一般，顺着街道缓缓向前涌动，因为街道湿滑，人们开车比往常更加小心翼翼。

平时的行车路线，雁塔路、南三环、长安街，大约一个小时的车程，因为堵车，路上就要多耽搁一两个小时。为了早点到家，大家都在拥挤的车流中，锻炼提升着车技，变道、加塞、穿梭、插花，顶着剐蹭和被剐蹭的心惊胆战，前面稍有一点空隙，脚下的油门就给得更狠了。

从南三环向长安街右拐，遇到了90秒钟的红灯，四个车道的车都齐刷刷停了下来，观察了一下，第一排最左边的车道上是辆别克商务车，左二车道是辆面包车，右二车道是辆大货车，面包车后面跟着辆奥迪，最右边是辆小吉普。我的车就在小吉普后面。

看着红绿灯变换的数字"3、2、1"，驾驶人都提前松了手刹、加油，准备冲出停止线。这时，突然从车流的空隙中横冲出一个人，当我看到时，这个身影已经很迅捷、灵巧地穿到了右二车道上，从奥迪车前飘了过去，一霎间，汽车刹车声、喇叭声狂鸣，奥迪司机大怒，头伸到车窗外，向那人的背影大声喊，"疯了吗？你还要不要命了？"

那人根本不予理睬，只是加快了脚步。转眼就冲到了我的车前面，向车右前方冲去。我急得赶快猛踩了刹车，车在不慌不忙地咕咚了几下后悄然熄火。

我惊魂未定。

眼前的人，提着一个破烂的蛇皮袋子，约莫五六十岁的年纪，黑色的上衣破烂不堪，还耷拉着一缕缕的布絮，灰白的裤子油腻腻的，左腿裤子挽到脚踝以上，脏兮兮的脸被遮盖在乱如草堆而又湿漉漉的头发里。

拾荒老人在狂叫的喇叭声、刹车叫声中从最左边的绿化带一直向右冲过了四个车道，径直向我右前方的台阶上冲去。那鞋子已经破烂不堪，脚后跟露在外面，像黑黢黢的榆树皮，而两只脚的大拇指赫然伸出黑色的张着嘴的鞋子外面，像两个大大的蒜瓣儿，特别刺眼。

老人好似完全听不见那喇叭声、刹车声、骂声，悠然停在台阶上的垃圾桶处。垃圾桶的两个箱体像亲兄弟一样紧密地靠在一起，左边贴着绿色的标识"可回收物"，右边贴着红色标识"不可回收物"。

老人左手紧紧攥着蛇皮袋，右手迅速在桶里翻检起来，翻到了一个白色透明的矿泉水瓶子，像捡到了宝贝一样，用脏兮兮的衣服蹭了蹭，轻轻放到蛇皮袋子里，接着又翻，又拣到一个……

老人翻捡垃圾的动作欢快而麻利，像一只雨中跳舞的小鸟。

但那一刻，骂他的那位奥迪司机将头缩回了车窗内，闭紧了嘴巴。车辆的喇叭声也不再叫嚣了，时间、细雨好像都突然停顿、静止。

在车缓缓启动的那一刻，有一股电流悄悄袭击了我，心里酸酸的、麻麻的。

我想，每个人都想体面地生活，然而有多少人，为了生存，把生命抛诸脑后，在生存与生命之间，常常无法分清哪个才更重要。

白杨村

从蓝田县路往北走，过了五里头、张沟二三里后西拐，田地平旷，尽头，一"爪"字形路横阻，屋舍俨然，即是白杨村。村口的每个分支各通向白杨村的四队、一二队和三队。"爪"上那一撇，是村头三搂粗的一棵枝叶繁盛的大柿子树。

白杨村，因沟下沟上、村前村后都是白杨树而得名。白杨树，白皮银叶，树干笔直如枪，树冠大如华盖，微风吹过，就哗哗啦啦地唱歌。

但村里的人把白杨看惯了，围墙里圈的都是梧桐、桑葚、核桃、柿子树。梧桐树长得快，长上四五年就可以拉风箱。桑葚、核桃、柿子树很多家都有一两株。我家没有桑葚树，我会端着梯子爬到墙头，摘隔壁婶子家的桑葚吃，红的、紫的，毛毛虫一样的桑葚，一捧一捧地下了肚，婶子也不会舍不得。

村里的房屋一摆子挨着一摆子，一户挨着一户，新房子中间夹着老房子。一丛丛的大丽花在院门前鲜艳地开着，很是扎眼。也有些家门口矗着土堆，主人正在垫院子，开辟自己的小菜园，或植花种草。

　　村北头有个洋井。是从秦岭山上接下来的一眼泉水，村里给修了机井，泉水急匆匆从一道道山口、一个个管道宣泄而出，到这里时湍急如注、水沫飞溅，掬一口吸进嘴里，又清又甜。每天清晨，村里的丁壮都挑着水桶、拉着架子车来排队打水，若看到有妇女挑水的，就自动往后让一个，让妇女先接。

　　一方水土养一方人，村里的未出阁的姑娘，白红的脸蛋水灵灵的，一双机警清亮的双眼来回地转悠，她们常穿着碎花袄、松棉裤，坐在自家门口做针线、剪窗花，叫过路的人目不转睛、腿挪不动。但也免不了有几个长得歪瓜裂枣的闲人，不论冬夏都手伸到裤兜，叼着根烟、眯缝着眼，四处溜达，见人进村就上去拉扯几句，问清来意后，跑前跑后给人家带路，临了讨根纸烟抽抽。

　　每当天黑，村里放电影时，一些十七八岁的怀春男娃就在村里草垛子、墙背后、树底下到处寻摸，看是否能碰见心仪的那个姑娘。有的胆子大点的，就找到姑娘家，伏到门口暗影处，对着姑娘家的闺窗打呼哨，打得"吱吱儿"响。结果，没见姑娘出来，姑娘的父亲却拉开门闩，提着棍在门口喊："谁家的碎怂，还不快滚！再吹，再吹我打断你的腿！"

　　村里人也养狗，但大多养的是笨狗。在院外边搭个棚子，用铁链子拴住，不挑食，剩菜剩饭随便吃。狗只要见人走过就汪汪乱叫，还挑衅性地往人跟前凑着跑两步，又停下，看着人，继续汪汪叫。主人见了对狗喊一声："你个混眼子，这是隔壁你伯家儿子从城里回来了，你叫唤个啥？"一边说一边对路人笑着打招呼。狗听了就低着头"呃呃儿"哼唧着丧气地回棚子下卧着了。

村子前有一个大场，夏日雨后，地皮被泡软和，人们就给软土上撒灰，用碌碡一遍遍碾得光光展展，等干了扬场、晒麦。但每天傍晚时分，大场就成了小伙伴的练车场。一个个从家里偷骑出来二八的飞鸽自行车，掏腿蹬着，上过油的链条和齿轮摩擦时发出悦耳的"噜噜"声，车铃丁零零脆生生响着，小伙伴们的衣角随风飘扬，一个个穿梭在大场里，真真一个八仙过海、各显其能。

村里人家的茅坑多用青石垒起，好看、小巧又精致。缠海叔家院子后头却捂了一个大茅坑，长六米、宽六米、深两米，粪便污水都从院子里引流进坑，用苞谷秆苫着。他去一趟县城回来，憋得面红耳赤、双腿摇晃，也要坚持把屎屙到自家茅坑。村里人都嘲笑他，"叔啊，你这大年纪，不怕把尿泡憋坏啦！"缠海叔眼睛一瞪，"你娃包笑话，败家不败家，一泡屎就见高下。"果然，缠海叔家的地养得壮，同样一亩地粮食也比别人家多打一两担。

村的坡下，有一个涝池。水绿莹莹的，池里内容丰富，缠人的水草，红色的小鱼儿，青蛙蹦来蹦去，蜻蜓在涝池上空飞舞盘旋。岸边有一棵古老的歪脖子柳，树皮皱如麻绳，树根凸起，和岸堤相连。村里的女人常圪蹴在树根上，用棒槌捶着浆洗的床单和衣物，洗完后搭在重重叠叠的柳条上，待衣服全部洗完了，前面的衣服也干透了。

男人在地里干活，女人洗完衣回家准备伙食，自己和面擀面，让娃儿剥蒜，娃儿忙着打包子，畏缩不愿，女人教育娃儿，一边嘴里喊着"娃娃勤，爱死人，娃娃懒，鞭杆撵"，一边举起手掌佯装着要打，娃儿嘿嘿一笑，一溜烟钻到案板下，从盆里拿起蒜瓣剥起来。

不一会儿，炊烟袅袅饭香扑鼻，男人扛着铁锨回家，一家人碗碗筷筷地享用最丰盛的美味来。

白杨村民风淳厚、抱素怀朴，可前些年，村里出了两个纵火犯。

大冬天，两个人躲在麦秆垛子里，把垛子的麦秆抽了一个洞，两人钻到小洞里瑟瑟发抖。一个说，"太冷了。"另一个说："我有洋火。"一个回，"我不会擦"。另一个得意地说："我会。"一个抓一把麦秆，用手遮住风，另一个从口袋里掏出一匣火柴，"呲啦"一下点着了，两人伸出手烤着火，暖和极了。谁知这麦秆一下子就烧起来了，越烧越旺，趁着风劲儿，火烧连营般一下子把相连的几个麦垛子一一烧了过去。村里上下摇了铃，人们纷纷冲出家门，覆漉湿的棉被扑火，提桶、拿脸盆从涝池汲水浇火。这下把那两个人吓傻了，站在一旁大哭，脸都哭成了榆树皮。

那两个人，一个是堂弟，一个是我。

白杨村前些年热闹，现在已渐冷清。房子虽簇新，但村里已没有人气，稍微有点力气的人都外出打工了，只留几个年迈力衰的人留守，原来的学校也都合并到了县城的蔡文姬中学。只有到过年过节时才雨后春笋般冒了出来，一个个形容依旧、面目沧桑。

第三辑 日常

瞧见山心里就像大热天冲了凉水澡那般清凉舒坦。

山势一派逶迤、孤峰突起，总透着股子神秘，

你看多少人儿猫儿狗儿进去了，却都被山容纳消化，

山还是原来的颜色，该红的红，该绿的绿。

家

天刚微凉，母亲的单褂外又套了一件褂子，衣服边高低层叠，有点滑稽。

母亲一生都是在家洗洗涮涮、缝缝补补，大门不出、二门不进，没见过啥世面，不知道天有多大、地有多阔。你若是告诉她，现在的机器人能帮人干家务，她是绝对不信的，但她相信月亮上住着嫦娥，而且，嫦娥的丈夫会帮她砍柴烧饭吃。

村里人都知道她心眼小。因为隔壁家的围墙多占了我家院子儿里地，她就跑去和人家理论，几年间邻里不着嘴。她也因别人多割了我家几镰麦嘟囔了几个月。她说话是袖筒里揣棒槌——直来直去，得罪了村里不少人，父亲劝她不要斤斤计较，她自己还委屈得紧，嘴一撅瞪了父亲一眼，"我说的有啥错吗？你说，你说。"

父亲背着母亲去善后。和人家有一搭没一搭地拉话、点烟，气氛缓和一点，他就给人解释，"你婶子那人没有坏心眼儿，就是不会说话，你们别往心里去。"慢慢地，村里人也都由着母亲的性子，她说什么，大家笑一笑就过去了。

姨母她们说母亲像个男人，我也觉着是。母亲喜欢拿着铁锹扦地，喜欢挑着两个大铁桶汲水，经常高喉咙大嗓子叫父亲和儿女们的名字，走起路来也像挖地，实腾腾地，脾气又急躁，动不动就凶巴巴地吼了开来，一点没有女人家的柔劲儿。

最好笑的是，看村里别的女子纺线绣花，她也买来绷框、布和彩线，趁我们睡着了自己偷偷拿出来，绣我弟弟的名字"云儿"，第二天醒来，我们就看到"云"的那一横歪七扭八地绣了半拉，还能隐隐地看到她左手食指上的血点，母亲则歪着头睡着了，很香。

小时候，母亲总说我不勤奋，贪吃爱逛不干活。我不喜欢听，就顶嘴，她说我是白眼狼，只有她的云儿乖、云儿好，吃完饭知道洗碗，听她的话，贴心。我轻轻地哼了一声，村里上下谁不知道她重男轻女啊？

记忆里很少和母亲有亲昵的举动，以至于母亲甚至忌妒我跟婶子说话时还挽着胳膊，那么亲热。

记得上初中时，不知道什么事情和母亲吵嘴，我哭着哭着就睡觉了，醒来迷迷糊糊地，母亲坐在炕边，抚弄着我的头发，俯下身子在我脸蛋子上亲了一下，我打了一激灵，然后眼泪就顺着眼角流了出来，一直流到枕头上，湿了一大片。

那是我记忆里母亲给我的唯一的一个吻。

母亲嘴笨，语言也很贫乏，给我们说得最多的就是："你们想吃啥？""多吃点，看你瘦成啥样子！""天凉，多穿点，不要感冒了！""晚上不要熬夜，要早点睡觉……"

相比较母亲，我是喜欢父亲多一些的。虽然从来没有做出什么惊天动地的事，但经常带我和弟弟玩儿，吹口琴、下象棋、打扑克、唱歌、跳舞、讲样板戏，小时候的精神世界，几乎都是父亲给予和填补的。

但小时候因为自己这个犟驴脾气，常挨父亲打，而且父亲也打得毫不客气，巴掌、笤帚、尺子、鞋都是打人的器物。直到现在有时候想起来都有点恨父亲，怎么能对子女那么狠心呢。

可在那个年代，父亲用自己瘦弱的肩撑着一家四口人的吃穿家用。为了供养两个学生，父亲当过木匠、理过头，给学校做过厨师，在家境极为窘迫的情况下，硬是让两个学生顺利毕业、工作、成家。

印象最深的是父亲蹦爆米花时，一手"呼哧呼哧"地拉着风箱，一手转着爆米花机的摇手，红红的火光一闪一闪的，映照着父亲黑乎乎的几乎分不清鼻子和嘴的脸，三四分钟后，只听得"嘭"的一声巨响，芬香四溢，甜甜的爆米花满天地撒了下来，周围观看的人就笑着四处捡拾，放到嘴里香香地吃起来。

夜晚回来，母亲给父亲倒热水洗脸，光洗脸水都要换三四盆，我和弟弟两个小财迷就在煤油灯光下乐呵呵地数着钢镚，看着几摞高高垒起来的钢镚，父亲就得意地笑了。

那样的时光和情景，一直储存到了记忆深处，很是感怀。

弟弟成家后，因一些琐事纠葛，和父母亲的关系闹得有点僵，好几年都没有回家。每到逢年过节，看着别家孩子携妻带子的回来热闹，父亲的脸色就很难看，在我跟前气呼呼地说了好几次："云儿这浑小子，他心里到底还有没有咱这个家？不回来就算了！既然他心里没有家，我和你妈也就当没养过他。"

转头碰到村里人，别人问："老康啊，这过节呢，你家云儿回来给你带啥好吃的？"父亲就咧着嘴笑："咋就惦记着吃呢？我家云儿孝顺得很，什么事情都忘不了他爹他妈，你看，我身上这衣服，脚上这鞋，都是云儿和媳妇儿给买的。我家云儿是医生，工作辛苦得很，治病救人，一天哪有闲工夫净往回跑啊！"

每到秋天，父亲就佝偻着身体去扛木梯，要从后院穿过厅堂走到前院，几十斤重的木梯横压着父亲又黑又细的脖子，常听到他"哼哼"的喘气声。他竖起木梯，搭到核桃树干上，然后再爬到梯子上，拿着铁钩去钩摘树上的核桃，说这是孙子最爱的，要亲自给他的孙子送到城里去。

我常想，家真是个奇妙的地方，琐琐碎碎、哭哭笑笑，但又啰啰唆唆、热热闹闹，让人牵着、揪着、挂着，走到哪里都放不下。

父亲和母亲一辈子没少吵嘴。年轻时，两人一吵架，母亲就扭身回了娘家，在娘家待上一两天没见动静，母亲就坐不住了。但大多时候，父亲都会硬着头皮、厚着脸皮去姥姥家，姨舅们也就借机批评父亲，父亲只有讪讪地应着、说上几句软话，母亲也就扭扭捏捏、半推半就地跟着父亲一前一后地回家了。

几年前，父亲重修了家里的房子，盖了两层楼，房前有一处院落，打扫得干干净净，红漆大门上面门匾规规正正写着"家和人安"四个字。

父亲有安装铝合金门窗的手艺，所以家里一道道关，一扇扇门窗，都是推拉的铝合金。可推开那一扇扇门，里面的状况会叫人吃惊。每个房间都没个整端样儿。到处摆满了箩筐、筛子、盆子、罐子、缸子，桶也是各式各样，有铁桶、塑料桶、木桶，塑料桶有乳胶漆牌儿的，盛放着芝麻、花椒什么的，水桶是汽油牌儿的，盛放着麦粒、玉米等粮食。

这样样件件，我们眼里的破烂，却是母亲的宝贝，一件也舍不得扔。一个旧拖把是我深圳租房子时带回来的，棉衣是我上学时穿了但后来不喜欢的，一对儿虎头小棉窝窝，是弟弟两岁时穿过的……

现在，境况是一日日好了起来，但父母亲却一日日苍老了。

以前觉着父母两人性格不对付，都是犟脾气，一个不让着一个，现在却觉得父亲和母亲的面容都长得越来越像了。两个人务农活、做家务配合得很默契，父亲挖地，母亲播种，父亲洒水，母亲扫地，母亲耳朵不好，父亲会耐心地一遍遍解释给她听，父亲洗澡，母亲会拿着澡巾给他搓背，到了晚上，老两口唠唠自己的儿女、孙子孙女，拾掇拾掇前后院的物件，就早早躺下休息了，第二天照旧。

年轻时候母亲挑水、扎地，劲儿很大，现在她连锄头都扛不动了。但她不知什么时候学会了做酱，做各种各样的酱，面酱、黄豆酱、辣椒酱、牛肉酱，我上着班，她就打电话叮咛我，把不用的空瓶子带回去给她，每次回去看她，都会瓶瓶罐罐地带酱回来。我和母亲也越来越亲昵了，我常常牵着母亲的手，搂着母亲的肩，她都静静坐着，乖乖地任我摆布，像个孩子一样。

母亲老了，别人说不中听的话她也听不见了，只是笑着问人家："你吃啦？做的啥吃的？我家闺女也会做这个，好吃着嘞……"

上次回家，看着母亲走路脚跛，我问怎么了，她说不碍事，不小心崴脚了，过两天就会好。父亲后来给我说："你隔壁叔叔家养的狗把你妈咬了，为这个到县城跑了几次，打针。你妈不让我说，都是怕你担心。"

我心里像是被碌碡碾过一样难受，却一句话也说不出来。多少年了，父母将多少辛苦、委屈都咽进了肚里，只是为了让儿女少操一点心，让这个家平稳、安宁……就像父亲说的，"只要你们过得好，我和你妈才能安心，家里的事情，我们都能对付，不用操心。"

我忽然在想，家是什么？不是大富大贵、锦衣玉食，而是父母健在、子女平安，一家人围着一张桌，一起热热闹闹地吃一顿饭。

父亲对我说："我要带你去个地方，你一定要牢牢记住。"然后，带我走了三四里路，走到离县城公路不远的一处田地，地头是一座沟，沟对面是秦岭山，他指着地头对我说："这是咱家的地，我和你妈都看过了，这里风水好，等这半年有空了，我们就把坟修好，等我们去了，火化不火化你看着办。你弟弟我们也不指望了，到时候还得麻烦你把我和你妈放进来，安顿一下我们就成。"

听了父亲的话，我的心一阵一阵地抽紧，眼泪扑簌簌落了下来。我知道，这些年父亲唯一的愿望就是"家和人安"，但就这小小的愿望，现在也这么难以实现。

一阵山风吹动了父亲稀落落的白发，父亲背后的山沟，酸枣繁盛，黄里透白，蒙着一层薄薄的雾水，我总觉得，那是父亲惆怅的心。

回乡记

老家在距离蓝田县城三里左右的一个小村庄，每逢节假日就会回去。适逢国庆，提前备好肉、奶等物资，也不忘下载几十集的谍战剧，以备消遣。

还在绕城高速，电话就一遍又一遍地响，那头是母亲的大嗓门，"走到哪儿啦？不要着急，你开车慢点啊……"过了不到十分钟，电话又响了，"走到哪儿啦？快到了没？"我说快了，还要不要再到县城里买点啥，那边声音又高了，"不要买不要买，人回来就行，慢慢开，不要着急啊！"

真是的，电话一遍遍打着，人能不着急吗？

抬腿跨进了家门，刚放下东西，母亲又喊起来，"叫你不要花钱买东西，咋又买了这么多？"

我开玩笑说我怕自己回来没吃的、提前备好，她瞪了我一眼，"咱家前院后院都是菜，楼上楼下都是粮，还怕把你饿着？"我"嘿嘿"一笑，从袋子里拿出在军人服务社买的裤子让母亲试。

母亲喜滋滋地穿上身，用手摩挲着："这裤形好，也厚实，天再冷点也能穿。"然后对着大立柜的镜子前看后看，猛然又想起来什么，像个孩子般忧心忡忡地问我，“这裤子应该很贵吧？花了多少钱？”

“没花钱，是我同事卖裤子剩下的，挑了一件给你。”撒这种谎小意思，面不改色心不跳，而且非常奏效。

她总算放心，笑了：“那就好，那就好，家里裤子啊，多得很，以后不要再花钱给我买了。”

裤子多得很？确实不少。但都是穿过的旧裤子，没有一条像样的：有的膝盖磨白了，布线像蝶翅般薄；有的裤腿在脚踝上好几寸，她在裤边下又缝了一截儿；有的腰太小系不上扣子，她拿一条腰带胡乱绑结在一起……她试完裤子又叠起来，平平整整地装进袋子里，说在家干活儿还是穿旧的好。

回家的头等大事就是吃。母亲问：“你们吃啥？蒸凉皮吧！”我说行，只要在家，啥都好吃。

她麻利地从缸里舀了两碗面，和面水，用筷子搅匀。然后到锅台那边，用打火机点了柴草，再把树枝架上去，生好灶火。我赶紧屁颠屁颠坐到灶台前，往灶膛里填柴禾、烧开水。

母亲用刷子蘸了点菜籽油，刷到凉皮锣锣上，刷匀，再舀一勺面水倒进去，摇匀，在开水锅里放平，盖上锅盖，叮咛我拿火棍把火拨一拨，让火更旺点。

我也是好久没干家里的活儿了，有点手生，刚填进去的柴禾不小心就掉到下面的凉灰里。母亲着急了，自己拿了两个木柴教我斜横着放，刚好架到钢棍上，果然，柴不但没掉下去，火也更旺了。

锣锣下面的开水在锅里“咕噜咕噜”地响着，约莫三四分钟，第一张凉皮儿就出锅了。母亲端着锣锣放到案板上，手在锣锣边划拉了一下，小半张皮子就翻卷了过来，我正想站起来进行下一步，就听她"哎呀哎呀"地喊起来，"你说这咋回事儿嘛！这次咋失败了呢，面怎么是粘的呢……"我说，第一张没关系，说不定第二张就好了。

第二张出锅，圆圆的、光光的，还不错。可母亲还是觉得不理想，有点懊恼："平时我蒸得比这好多了，偏偏到你们回来，我就蒸成这样，唉，咋回事嘛！"

我嬉皮笑脸说母亲退步了还找借口。但手底下已迫不及待撕了一块塞到嘴里，实在饿了，不管三七二十一，先切了两张，放到碗里，又剥了几瓣生蒜，放到蒜臼里捣蒜泥儿。

家里种的蒜，我平时吃一个馒头就七八瓣，吃得忒过瘾。

捣好蒜，热油一泼，找醋调汁儿，母亲指了指案边的瓷瓮。我挪开瓮盖，听母亲的话用里面的木棍儿稍微搅动了一下，醋的清香就扑鼻而来。我舀了一勺醋倒进蒜臼里，放了点油泼辣子，和了和，小勺挖了两勺蒜泥汁儿浇到切好的凉皮上，又夹了两筷子母亲炒的葱花，拌了拌，直接吃。

面是柔香的，葱是嫩香的，醋是清香的，蒜是辣香的。一口凉皮一口蒜，给个县长都不换。香！

回家有一个最大的好处，就是吃完饭不用洗碗。吃到肚子圆，吃完碗一推，剩下的盆盆碟碟碗碗筷筷都由母亲去洗刷刷了。

但回家也有最大的一个不好处，就是不得不听母亲的各种唠叨。一句话反反复复来来回回地说，东一下西一下，想到什么说什么，说家里今年粮食收成不好才收了不到一担，父亲回来了两天就又外出打工了，隔壁老叔脑血栓人也快不行了，家里老鼠闹翻天了，外孙女怎么过节又不回来呢……

我说孩子放假在家玩游戏，老家这里没有网，孩子不愿回来。母亲"哦"了一声，就出门借东西去了。

我们吃完在院里溜达，见母亲摇摇晃晃地推着轻便车进了大门，车上是一个大大的铁疙瘩。

她说从二队村里租了个脱粒机，趁我们在家，把这点玉米棒脱粒了。这个好哇！我们戴上草帽，拿上铁锹，摩拳擦掌，准备大干一番。剥过苞谷叶的裸棒子已从二楼排队到一楼楼梯口候着，楼梯是传送带，在下面把玉米棒铲到脱粒机上，上面的玉米棒就自动传了下来。脱离机"咔嗒咔嗒"地响着，玉米粒就"叭叭"地打在帐子上、落在铺着席子的地上。不出一个小时，那些玉米棒就快脱完了。

母亲说："今年咱几亩地，就打了这一点儿，我在楼上挑了一些棒子大点的、颗粒饱满点的，咱单独脱粒，到时候打了苞谷掺给你们带去吃。"

几百斤玉米棒脱粒完了，还有很多玉米棒没干透，没脱粒干净，还需要手工剥，于是半脱的玉米棒小山包一样堆在院子里。我们拿来麻袋和笼，打开了院里的灯，围坐着开始剥玉米。

天黑了，母亲打开电视准时收看浙江卫视的《多情江山》。电视在屋里，玉米堆在院子里，于是母亲忙活着，她一边在院子剥着玉米，一边耳朵听着屋里的对白，若是听到有喊声、哭声或笑声，她就跑了进去，出来就自言自语："董小宛死了，真是可怜！"一会儿又跑进去看了看，出来了又自言自语："皇帝死了几天，董小宛也跟着死了。"

我想，亏得家里有个电视，不然平时母亲一个人在家，连个说话的人都没有，该多寂寞。

夜有点凉，但我家院子里还是蛮热闹的，我拿出 iPad 放到玉米堆上，一边看我下载的连续剧，一边剥玉米。

母亲跑出跑进，一会儿又问剥玉米的手疼不疼，我们还饿不饿，要不要再做一顿饭吃，一会儿又不满意了，唠叨着四散的玉米粒不好清扫和捡拾，一会儿又说我进出时没及时关门会把老鼠放进去了……

我忙着看电视剧，一着急喊了句："妈，能不能不要说话？让我清静一会儿……"

母亲"哦"一下，陡然不吭声了，放下了手里的活儿，进屋了。

爱人拿胳膊捅了捅我，"你怎么回事儿？妈把你盼回来，不就是为了多说几句话吗，什么脾气……"

我意识到自己犯错了，赶紧关掉 ipad 进屋去看母亲。却见母亲踩着小凳、踮着脚尖从大立柜上取下了一个大盒子，小心翼翼地打开盒子，拿出了一套新的茶具，用热水烫洗了茶壶，打开我们给她带的茶，泡了一壶，"干了一天活儿了，你们喝点茶吧，咱这家里不比你们城里，啥都没有，也不方便……"

原来母亲并没有生我的气，我没吭声，端了一杯茶给她，"这是我给您带的茶，您先喝一口。"

六十多岁的母亲，白发明显盛于黑发，但发质硬、厚实，不像我们早早脱发，只剩薄薄的一把。我想，这应该与她生活健康简单的膳食和作息有关。

　　到了半夜，剥玉米剥得手疼，我们实在撑不住，就用热水洗了手脚，上楼睡了。

　　第二天睁开眼已经日上三竿，鼻翼间飘着菜香，我"咚咚咚"跑下楼，问母亲做的啥好吃的，母亲说："红豆稀饭、茴香锅盔、土豆丝。"我一边吃，一边问母亲，"你怎么起床这么早呢？不困吗？咱家晚上怎么一直有响声啊？"母亲说："习惯了，也不敢睡得太死，家里老鼠多，得拿着木棍敲敲炕边，赶老鼠。"我说："我养了一只猫，下回给你带回来。"

　　玉米收拾完了，又拔了地里的豆秆，在院子的太阳底下晒着，等豆子自己爆开。再下来就剩种麦了。家里的活儿也算是基本上干完了，又到该回去上班了。

　　临走时，却不见了母亲踪影，等了半个多小时她才回来，我埋怨着，"我们要走了，你又干什么去了？"

　　母亲有点神秘地说："我刚去打听了，咱前摆子的刚刚家都拉了网线，那咱家也能拉网线，下次你一定带孩子回来，咱家到时候也能上网了。"

　　每次回乡，一下子掉进了浓厚纯朴的乡土乡音乡情里，又要很快从这块心已生根的地方拔出来，心里总是有个疙瘩，揉不平……

父亲的手艺

　　父亲做门窗安装活儿快大半辈子了，现在年近七十，还在爬高爬低，装框子、安玻璃、加密封条、上防水胶，风里来雨里去，家里人多次劝他歇下来，不要再干了。他却得意地说："别人的手艺和我比还差点，厂里现在还离不开我。"

　　父亲干活利索，喜欢钻研，在安装上的确有自己独特的手艺。

　　他在密密麻麻的钢筋水泥丛林里一层层走动，查看每层窗户五零线的高低，再爬到顶楼放吊锤线下来，查看原窗户是否端正。装窗框时，一般人都是红外线水平尺测量窗户的水平度和垂直度，父亲却用一根吸了水的塑料管测量窗户水平度，根据水流的方向来判断高低，量垂直度时，他用废旧铝合金材料自制了一把靠尺测量，左右、出进垂直，毫无误差。装玻璃时，他总结出经验：塑钢的密封条必须饱满，铝合金门窗必须打密封胶，塑钢比铝合金每块玻璃的压条要长出 2 ～ 3 毫米，才能保证窗户防尘防水、密封合实。父亲带徒弟时，仅凭两只耳朵，就能听出徒弟们的活儿做得好或不好。电钻的声音若是尖锐刺耳、射钉枪若不是"砰砰"的声音、裁玻璃时若不是如水流声般悦耳，他就会随时起身指导。因此，甲方竣工验收时，父亲装的门窗横平竖直、推拉灵活、美观耐用，合格率达百分之百。总之，只要是父亲经手的工程，厂里厂外都是一百个放心。

有一次，我和爱人开车去他工程所在的三桥基地去看他。

到三桥的时候，天已麻麻黑，父亲还在外面工地干活儿，知道我们到了，厂长亲自打电话约我们在基地附近的一个小饭馆见面。我们先到。

约莫十分钟，远远地，就看见一个瘦小的身影向这边移动过来。离我们三四米时，我才看清那是父亲，他的头发乱糟糟的，像是顶了一个小鸡窝，一层黄黄的肉皮贴在脸上，矮小的身子缩在脏兮兮油乎乎的衣服里……

平日每次思念父亲，就会过电影般想起那个年轻洒脱、意气风发骑着五羊摩托的父亲，那个吹着口琴唱着《十五的月亮》多才多艺的父亲，那个欢快地扭着肩膀为我和弟弟跳着藏族舞的父亲……可如今，那样的一个父亲已被时光绝情地赶走了。

但父亲走起路来依然虎虎生风，把同行的厂长远远地撇在了后面。见我们在门口等他，他满脸歉意地说："我们从旁边的工地刚回来，你俩等急了吧？"我说不急不急，伸出手想拉他的胳膊，他却一下子闪开了，说："我衣服不干净，别把你的手弄脏了。"

我们在饭馆坐定。我点了鱼香肉丝、干煸豆角、水煮肉片和父亲平时爱吃的几个小菜，还特意为父亲要了两瓶啤酒。父亲显得很高兴，一个劲向厂长夸自家女子有多出息，酒也喝得很快，还不停地劝我们也喝酒，说自己身体很好，不仅酒量比年轻人还大，力气也能赶上年轻人。

一谈到工作业务，父亲的眼睛就放光，那种骄傲和得意一点儿也不掩饰。他如数家珍，说自己做的业务很广：塑钢门窗、铝合金门窗、地弹门、地簧门、平开门……兰州的某某购物中心、西安的某某别墅等很多大项目的门窗都是他带领工程队安装的。

当着厂长的面，我有点难为情，说："爸，哪有自己夸自己的呀。"

厂长插话说："娃呀，你爸没有自夸。厂里上千的安装人当中，你爸是手艺最好的。干活时，你爸的眼睛就是量尺，手就是标准，装的门窗误差零对零，密封条一根直线松紧合适，打的防水胶无疙瘩、不起泡，射钉枪固定门窗左右垂直、里外垂直，从不返工。不管是年轻人还是干了多年的老人手，和你爸的手艺都是不能比的。"

接着厂长还给我透露了两件我从不知道的事情。

1990 年，张掖市的一个购物中心装群墙玻璃，隆冬腊月，天气寒冷，玻璃又大又厚，当时的工人裁一块碎一块，根本无法完成任务。于是他们派专车把父亲从酒泉请了过去，父亲到工地后，100 多块1.5 米 ×2 米的厚玻璃，父亲一块块全部完整裁切，一块都没有浪费。当时的老厂长高兴地说，父亲的手艺杠杠的，为厂里争了光，是厂里的骄傲。厂里把甲方赠给父亲个人的锦旗挂在了办公室的最显眼处，锦旗上写着"康武权同志手艺过硬，质量第一，精益求精"。

还有一次，父亲在给兰州的一个银行装玻璃，一起干活的工人不小心打碎了玻璃，玻璃恰好扎到了父亲的肛门上，父亲裤子破了不说，血"哗哗"地往外流，在场的人赶紧叫出租车把父亲送到了市人民医院，消毒、去玻璃碴子，总共缝了二十七针。但第二天，父亲忍着疼痛又到了工地，强撑着干活，别人说："老康，千万不敢再干活了，小心伤势变重、复发感染！"父亲却怕耽误工期，坚持按工期、保质保量完成了安装任务。他说，做人、做生意都要讲究一个信誉，无论如何也不能砸了厂里的牌子。

刚做完手术那几天，父亲一天只喝一包奶、只吃一个鸡蛋，直到第五天，才能够正常大便。第七天去医院拆线，医生拆了线，对父亲说"好了"。父亲却大声对医生说："没好，你拆了二十六根线，还差一根没有拆，我数着呢！"

厂长在给我们讲这些事情的时候，父亲反而有些不自在。他低头看着手中的酒杯，粗短的手指旋转着酒杯，羞涩地笑着。我看到父亲的袖口满是污点，手背上布满皲裂的纹路，肉红色的指甲缝里满是黑褐色的土灰。

我眼眶发烫，一阵阵心疼，双手攥住了父亲的手。父亲的手硬邦邦的，硬茧像猫爪肉垫般凸起，虎口处全是烂皮。我止不住地埋怨他，爸，你咋就不给我们说这些事呢？父亲淡淡地说："难受啥呢，谁这辈子还不经些事儿？再说，这些事我自己能解决，给你们说了没用，你们也都有你们的事，操这些心干啥。"

父亲说完，微笑着端起了酒，又喝了一杯。

毛驴小传

我本和驴扯不上一点关系，尤其是见识了被吊睛白额的老虎吃了的那头"黔之驴"，就更不想了，直到有一天，父亲牵了这么一个家伙走进门来。

这家伙个头不大，精瘦条，青灰色的短毛光溜溜的，白眼圈，黑眼珠子瞥都不瞥我们一眼。

我们围过去问怎么回事。父亲垂头丧气，村里抓阄分牲口，人家有抓到马、牛的，我却抓了头驴子回来，多少有点难为情。

可驴子不管不顾的，它扬扬头，朝我们打了个响鼻。

母亲埋怨着，"唉，又多了一个张口子货，犁地又没多大劲儿，要它弄啥？"

实际上，驴子耕地真的是没长劲儿，一天最少比牛少耕半垄地，而且论脚力也和马相去甚远。许慎在《说文》中说："驴似马，长耳；蒙，驴子也。"驴之为物，长得像马，但出身、个性和才干都无法与马相提并论，"英俊不及高头马，稳健不如孺子牛"，活到这个份儿上，驴子可能真的是永无出头之日了。

可驴子不管人喜欢不喜欢它。看着我们对它吹胡子瞪眼，它就撑开两个黑乎乎的大鼻孔，嘴唇往上一缩，露出宽宽板板的大白牙，对我们施以嘲弄和蔑视的笑。我们若是拿树枝抽它，它就抬蹄子尥蹶子，该怎样还怎样。这就是人们常说的"秋风灌了驴耳"，驴子根本不在乎人的眼光，也根本不把人说的话当一回事儿。

我们给驴腾出了一个房间，盘槽，拴驴，喂食。马无夜草不肥，驴也是爱吃夜草的。每天半夜，父亲都披衣下炕给驴喂草料，可这驴子真是没良心，咋样吃都不上膘挂肉，只是"嗯啊嗯啊"地叫得更欢了。

说起这驴子的叫声，那叫一个惊天地泣鬼神啊，像架了一个高音喇叭，E调高八度，全胜帕瓦罗蒂，若是全世界的动物集合比较起来，说驴子是声音最高、音域最宽、歌唱最高的演员估计毫不牵强。我们不喜听驴叫，但据说号称"独步天下，谁与为偶"的东汉时大名士戴良，他的母亲就有听驴叫的癖好，戴良为让母亲高兴，常常学驴叫。还有"建安七子"之一的大文学家王灿也喜欢听驴叫，他死后，曹丕和文武大臣为他送行，集体学驴叫，其声呜咽，其情真挚，听者莫不下泪。真是怪人啊！

虽说驴的叫声惨不忍闻，但每家每户都希望自家的驴子叫唤，叫唤的驴子才精神嘛。所以父亲每天半夜都要给驴子喂一两斤豌豆料，这豌豆料也叫硬料，驴子吃了硬料，声音高亢嘹亮，一下子就把别家牲口的叫声比了下去。只有听了驴子的嘶叫声，父亲才会心满意足地睡觉了。

驴子拉磨、驮物、耕地劳累一天，每天进圈、出圈时，它往地上一卧，左边翻翻，右边翻翻，这就是真正的"驴打滚"，是驴子给自己解乏的方法。

有一天，父亲回来给我说咱家的驴是个好驴、通人性，以后对它好点。原来，他牵着驴子驮东西走路遇到小沟坎，驴子停下不敢往前走了，拉也拉不动，眼看天黑了，父亲一着急，就蹲在小沟里，埋下头，说："驴啊驴，这些年你也出了不少力，吃了不少苦，平时都是你驮我们，今天我来驮一下你，你不要害怕，就踩着我的背过沟吧！"驴子看着蹲在沟里的父亲，也好似听懂了他的话语，两只灰色的前蹄像是试探一样踩踏换步，然后轻轻地踮了一下，越过沟去，却丝毫没有踩蹭在沟里的父亲。

拉磨时，父亲给驴子戴上按眼，蒙住了它的眼睛，它就低着头不声不响、一圈一圈地拉磨，那个时候我是看不见它的眼睛的。但给它套上轭耕地时，它轻巧的蹄子在土地里翻飞，我注意观察了，它的眼神安静而忧伤，那一刻，我觉得自己的内心和我家的驴子紧紧地贴在了一起。

对我们这些小孩子来说，对驴子最大的兴趣不是拉车、拉磨、驮东西，而是喜欢骑驴。俗话说，"骑马骑腰眼儿，骑驴骑尻蛋儿"，想想，你坐在驴子肉肉肥肥的屁股上，驴子不快不缓地走着路，一颠一颠儿的，青草油碧，小径弯长，人就舒服得要睡着了。

当然，也不光是小孩子爱骑驴。你看电视里的农村小媳妇回娘家时，都背着包袱、穿着花棉袄，骑着驴儿，唱着歌儿，悠悠地就回娘家了。那情景，那画面，惬意得很。

在我心里，骑驴的人还有着一股子高傲清高和放浪不羁，也自有意趣。阿拉伯故事里的阿凡提，古代八仙中的张果老，骑驴觅诗的孟浩然，李白骑驴过华阴，陆游的"细雨骑驴入剑门"，都颇具诗境。

毛驴入画则更是常态了。徐渭的《驴背吟诗图》空而不虚、意境深远，"昨日雪深驴没蹄，今日雪晴驴可骑"，唐寅作《骑驴归思图》奇峰杂木，一人骑驴独行，显其隐逸之情，中国画艺术大师黄胄画驴名扬天下，到底是驴子成就了黄胄，还是黄胄成就了驴子，谁又能说得清。

毛驴本是外来户，非中原所有，天生就具有野性随情、不受约束的色彩和对传统的嘲讽意味。这样的驴子毕竟在现实中是不吃香的。

我家的驴子也不能再留了，它实在讨不到母亲的喜欢。父亲还是下定决心把它拉到了集市上，看看能不能遇到个不识货的把它领走。

一路上，这头犟驴都不好好跟我们走，拉它不走、打它后退，没事儿还嗷一嘴路边的麦子，吓得我们赶紧给它戴上笼口。

等了一晌，只有几个人背着手路过，连正眼看都不带看的，正在父亲有点灰心丧气时，一个六十岁左右的老汉来到我家毛驴跟前。他围驴子转了一圈，和父亲点点头，父亲拿帽子把手一遮，那个人的手也伸了进来，父亲说"这个价"，老汉摇摇头，"这个成色和体格，有点贵了，这个价咋样？"两个人手在帽子下面捏来捏去，最后，一手交钱，一手交驴。

终于给驴子找了个下家，我和父亲却一点也高兴不起来，想起和驴子相处日日夜夜的深情厚谊，想起驴子拉磨、驮物、耕地吃糠的辛劳，这样做，我们是不是也算"卸磨杀驴"呢？

　　"天上龙肉，地上驴肉"，驴子全身都是宝，于是很多驴子都面临宰杀的命运。我有时候很同情驴，担心这种动物有一天会消失，但我也佩服驴，因为作为一头命运没有掌握在自己手里的驴子，依然活得这么不惊不扰、自在坦荡，令人叹喟。

老家的鸡

鸡其实是一种爱浪漫、懂生活而又讲究情调的动物。不像牛那么老实木讷，也不像马那么张狂自大，更不像猪般胸无大志。

家里有六只鸡，两公四母。它们常常在瓜架下转悠，站在草垛上唱歌，跑到荒地里溜达，或是在花花草草边捉虫子吃。

我想它们一定是认为自己与众不同。与猫狗猪牛相比，凭着一对翅膀就足以睥睨群雄。你看那些公鸡，顶着大红鸡冠、身披彩色翎子、脚蹬橙黄短靴，打扮得花枝招展招摇过市，那些擅聊天爱唠叨的母鸡，也保持每天一个蛋，讨得主人的宠爱和喜欢。

"鸡栖于埘，日之夕矣，羊牛下来"，"狗吠深巷中，鸡鸣桑树颠"。在文人笔下，鸡予以人迷醉的意境与画面，这本是其他族类不能相提并论的，但狗还是把鸡拉下水了，比如鸡鸣狗盗，鸡零狗碎，鸡飞狗跳，鸡犬不宁，让鸡的一生都蒙受了不白之冤。

对于鸡的态度，我本内心喜欢，却没承想有一日竟和鸡结下了梁子。

家里的三间大房刚清扫干净，掩门闭户，鸡却从帘子下面钻进屋来，在厅堂里探头探脑。母亲看见，命我赶鸡。我挥舞着胳膊左颠右跑地对鸡大声呵叱："出去、出去！"鸡显然慌张得不知所踪，在我的比画和叫喊下张着翅膀乱扑腾，先是飞到炕上，泥脚爪踩脏了母亲新铺的粗布床单，接着飞上红油漆柜子打碎了碧波般的妆镜，临了出门时又扑到窗台打翻了一摞白瓷碗，之后扬长而去。

鸡被赶出去了，赶鸡人的屁股被打肿了，这账给鸡记着。

那只纯白色的母鸡好看不中用，大个子，不下蛋，芦花鸡好静，下了蛋也不张扬。褐色鸡的屁股很大，走起路来扭扭捏捏、摇摇摆摆，下个蛋唯恐天下不知，"咯咯哒""咯咯哒"地叫得欢实。每次见它摇摇晃晃走出鸡窝，我就一溜小跑过去，手伸进窝里一摸，蛋还热乎着，我用大拇指和食指一捏，拿着在太阳底下耀。还有一只鸡是瘸子，跑起来一颠一颠的。她可能有点自卑，从不和别的鸡抢食，看到食物没了，就悄悄走开。但她反而会得到我们特殊的照顾。

两只公鸡像是职场达人、社会精英，毛色油亮、器宇轩昂。走起路来也很有派头，它们每次高高抬起大跗骨、挪换双爪时，都要睁着阴鸷的圆乎乎的眼睛环顾左右，一字步迈得像是舞台上的模特，骄傲而霸气，或是某地的村干部，悠然又神气。但你随便撒一把苞谷，它们就抢在那些母鸡前头，跑着去抢吃地上的苞谷粒，完全不顾平日形象。

有阳光的午后，鸡们在溜达到院里的土墙根下，用黄白的爪子刨开纸片、瓶盖、树枝，用尖尖的喙啄出泥土里的虫子，饱食一日里最美味的佳肴。

褐色的母鸡抱窝了，二十一天后，毛茸茸的小鸡就颤巍巍站在人们的手心里，小心挪动着鹅黄的爪子，缩着小圆脑袋，黑亮的小眼睛怯生生地瞅着人，煞是可爱。你咕儿咕儿地唤一声，撒一把谷粒，这些毛茸茸的小家伙就跟在你屁股后面满屋子满院子里跑着啄食。

"鸡儿上架早，明日天气好。"黄昏时分，那些不愿意进窝的鸡们就从地面跳上矮墙，从矮墙飞到房顶，再飞到越过房顶的枣树枝上，一排排挨挨挤挤栖在一起，在浓密的树叶庇护下睡觉。褐色的母鸡则带着她的儿女们乖乖进窝休息，但第二天打开鸡窝门，窝里却是满地的鸡毛和点点血痕，八只小鸡只剩下了四只。可恶的黄鼠狼！

公鸡打鸣天经地义不以为奇，但祖逖的"闻鸡起舞"、温庭筠的"鸡声茅店月，人迹板桥霜"让打鸣这件事多了些许韵味。每天早晨四五点钟，不用定闹铃，公鸡们准时伸长脖子引吭高歌，他们振动着彩色的花翎子，叫得雄赳赳气昂昂，它们开个头，隔壁的、村里的公鸡也就叫了起来，和其他村的鸡叫声连成了一片。栖息在树上的、架上的鸡们也都扑棱棱飞了下来，鸡毛和着树叶缓缓飘落，遮天蔽日，场面甚为壮观。

我曾想，鸡的一生过得也挺不容易。无论这一生下了多少蛋，最后也免不了在沸水里煎煮，在刀俎下宰杀，在锅鼎中熬蒸。但它们依然土中刨食、草丛捉虫、树下躲雨、窝中休息、地里游荡，想暖和了就收拢翅膀晒太阳，想唱歌了就跳上草垛亮几嗓。

有个冬夜，漫天飞雪，我入茅厕，抬头看到那只不肯进窝的公鸡，依然栖在光秃秃的树枝上，在它身上覆了一层厚厚的雪，它却一动不动，天亮时，抖掉积雪，展开翅膀，又"咯咯咯"地叫起来。这只奇怪的鸡啊，到底是怎么想的呢？

也许，鸡什么也不想，也许，鸡其实把什么都想通透了，要不怎么会"风雨如晦，鸡鸣不已"呢？从这点来说，或许鸡是比人早清醒的。

小花生了

清晨五点多，大雪纷纷扬扬地下着，天地间白茫茫一片，奶厂的员工宿舍、家属区的房顶都顶着厚厚的雪被子，冰凌子从瓦檐上掉得长长的，像厂里娃娃们流下的鼻涕，晶莹透明，长长短短、调皮地挂在嘴边上，露天水池也都结着冰，天寒地冻、一派萧索。

厂区的院子雪地上有一些浅浅的脚印，那是上早班的挤奶工留下的，已经被大雪厚厚地覆盖一层。天还蒙蒙亮，大家都还窝在暖和的被窝里，享受着灶火、炉子陪伴的隆冬，发出轻微的鼾声。

一阵急促的跑步声叫喊声打破了清晨的宁静，挤奶员牛娃穿着高筒胶鞋跑到了书记老秦头家门口，"咚咚咚"敲起门来。

"秦书记！秦书记！俺家小花要生了，情况不太好啊！"

正说着，老秦头已经披着棉衣站在牛娃面前了。他挥了挥手，"叫上学智、老胡，赶快到后面来！"

刚往前走了几步，老秦头又回头对牛娃喊了一声，"还有，把厂里住的其他的人也都叫起来，大伙儿搭把手！"

于是，厂里的婆娘、小媳妇儿、碎娃儿都从热被窝爬起来，穿上棉衣，冒着大雪跑到后面的牛圈来。

学智是厂长助理，新婚不久，还正搂着媳妇儿红梅睡觉呢，听了牛娃叫他，立刻从床上蹦了起来，"小花出事儿了！赶紧往后头走！"

红梅一边揉着眼睛一边不满地嘟囔着，"死学智，你咋就这么紧张小花呢？"学智操心着小花，有些不耐烦，"小花怀孕多难呀，从北京空运过来的精子，好几次了都没怀上，这次好不容易怀上，胎位又不正，你说能不着急吗，你倒是吃哪门子干醋咧？"

小花，奶厂一头年轻、漂亮的小奶牛，还不到两岁，这次是第一次当妈妈。当大家赶到牛圈时，小花已经被牵到了牛圈外的栅栏旁边，拴在一根柱子上，厂里没有专门的产房，只能在雪上铺撒了一些干柴草备用。

小花正站在栅栏旁边，弓着身子，躁动不安，痛苦地抽搐着。老秦头正要问医生在哪儿，小何就背着医药箱气喘吁吁地跑了过来。

老秦头眼神看向小何，"准备好了没有？"小何点了点头。

小何是兽医院校毕业，奶厂引进的一位有学历的人才，但小何以前学的都是课本知识，刚参加工作不久，就遇到奶牛难产了，一下子有些手足无措，慌忙中也只备了一些普通的消炎药过来了。

小何还是个黄花大小伙儿，红着脸给小花做子宫检查，然后说了一声："小花羊膜已破，子宫收缩不太正常，胎儿方向也不好。翻转的难度也很大。得抓紧时间把胎儿生出来，不然小花和牛犊都有危险。"

牛娃急得直跳脚，"你说的不是废话么！谁不知道俺家小花现在是难产？！现在不就是让你想办法吗？"

小何也不辩解，赶紧给盐水里配了些青霉素，插上一次性针管。红梅主动上去帮忙，举着盐水瓶子，然后用剪刀剪掉小花脖子上的一片毛，用左手拇指按压了一会儿，等血管隆起后，就把针头插了进去，手指捏压乳胶导管，见到血液回流后，贴上胶布。

这时候，小花已经疼得口里不停地吐着白沫，唾沫不停往下掉着，小花的宫口处，已经伸出了小牛犊五六公分的一截小腿，这种情况，如果延续下去，不仅胎犊会被窒息死亡，小花也会得继发病而死。周围的男女老少都倒吸了一口凉气，嗓子都提到了嗓子眼。

怎么办？

老秦头心疼地看着全身抖得跟筛子一样的小花，低声地吼了一句，"牛娃，拿绳子来！"

不一会儿，牛娃就拿了两根比男人手指头还粗的两根绳子过来。

小花是新加坡纯种奶牛，买回来的时候花了近两万元，是牛娃负责的奶牛，平时乖巧得很，牛娃提上奶桶来挤奶，牛娃一边唱着歌一边挤奶，小花也就哞哞叫着，一动不动，乖乖地让牛娃把又浓又醇的乳汁挤进桶里。偶尔也会转过来用头蹭蹭牛娃，表示亲热。

小花的奶，当然也是所有奶牛里最好的奶，乳汁质稠、味甜，厂里的婆娘常常偷着拿着自家的钵钵罐罐，让牛娃挤点小花的奶，回来给自家的孩子热了喝，所以，厂里的大人小孩一个个都白白胖胖，跟牛一样壮实。

现在，可怜的小花，肚子鼓鼓胀胀的，乳房像个三四十斤重的面袋子一样吊在肚子下面，后腿分开站在地上，全身跟过筛子一样抖个不停。虽然是大雪天，小花身上却是汗涔涔的，毛皮油光发亮，长长的眼睫忽闪忽闪的，乌黑的大眼珠蒙着一层泪雾。

女人就是女人，这个关口，红梅左手举着吊瓶，还不忘问一句："秦书记，咱是保小牛还是保小花？"老秦头和学智正忙着将手伸进去摸小牛犊的头和胎位，老秦头还没吭声，学智听到红梅的话就大声喊起来，"你个闷怂货！如果只能活一个，肯定是保大人么！这还用说！"

红梅话问完就知道自己说错话了，一手举着吊瓶，一手赶紧捂住了嘴。她和学智新婚，还没生娃儿，现在虽然听学智骂她是个闷怂，但心里却觉得暖暖的、喜滋滋的。

已经过去一个小时了！雪下得更大了，落在柴草上的积雪已经有一拃厚，可小花还在被疼痛煎熬着，小牛犊没有一点翻转的迹象。

怎么办？

老秦头狠哂了两口烟，开始部署。他让一个人紧拉住小花的尾巴，防止小花腹疼的时候摇尾巴抽打到人。又让牛娃和学智，拿绳子捆牢小牛犊的两只后蹄子，再带上小刚等七八个小伙子拽住绳子。

牛娃流着眼泪，轻轻抚摸小花的屁股，"花儿呀，我知道你疼，你就再忍忍，我一定会让你和孩子好好地活着。"

小刚几个负责拽的小伙子都脱了外面的袄，都只穿了件单薄的线衣，几个人年轻、劲儿大，但小花的劲儿也不小，每次拽的时候，双方都是势均力敌的。为了尽量保证牛犊的完整，大家在老秦头的指导下，不敢吃猛劲儿，只能估摸着，逐渐使劲、缓缓加力。

第一次，牛犊的腿拉出来了七八公分，没有拉出牛犊来，羊水流到雪地上，湿嗒嗒一片，小花的叫声很是凄惨，大家都不敢再用力。虽是大雪天，可个个都出了一头的汗。

负责牵拉的人倒还也罢了，周围看的人都吓得捂住眼睛，又不放心小花，偷偷从指缝里看着，有些人难受得直抹眼泪。

第二次，小花往前努责，几个人往相反的方向吃着劲儿拽着，轻微感觉牛犊的位置稍稍移动了一下。

厂里的婆娘、媳妇儿、老人小孩都是大气都不敢出，小何都吊了五瓶药水了，春花和红梅替换着举着吊瓶，厂里陆陆续续又来了几个人，大家心情都很复杂，屏住了呼吸，捏着手心里的汗，目不转睛地注视着，不知道上天是否能为小花开启这神圣的生命之门。

第三次，学智、牛娃、二蛋、七八个小伙子拽绳子，缓缓加劲，小花"哞……"地嘶叫了一声，后腿微弓，蹄子抓地，再次往前努责，"呼啦"一下，小牛犊就从小花肚子里给拖了出来，掉在地上，完好无损。

在场的人群里，有人"哇"的一声哭了。牛娃抱住小花的脖子竟然也哭了起来。

老秦头从口袋里捏了一撮烟丝，裹了一袋旱烟，蹲到屋檐下，吧嗒吧嗒地抽着。

小花生了个漂亮的女儿——小小花，大约110公分，长长地躺在地上，一动不动，任凭人们摆布，学智手伸到小小花嘴里反复掏出小小花嘴里的黏液。

小花闪了闪黑底白花的耳朵，围着拴牛桩转了一个圈儿，扬起脖子"哞"地叫了一声，扑棱棱甩了甩头，晃悠悠就到了小小花身边，舔着小小花柔软的身体。这时，已经是早上十点多了，大雪依然若无其事、纷纷扬扬地下着。

七八分钟后，小小花就晃晃悠悠地站起来了。

成惠

卷闸门外面白雪轻舞，门内榨油机轰轰隆隆。

成惠白嫩的小手紧握锹把，一绺黑发散落在眼额前，随着她的身体轻摆。戴着劳动布套袖的麻秆一样的胳膊正六十度弧线高高举起铁锹，带着呼啸的风声重重落下，一块块豆饼就应声碎玉般溅开。铁锹每一次拍向地面的力道，都振得锹把快要脱手，每拍一下，成惠的脸都微微扭曲地颤动着，耳根也有点烧、有点烫。

八十多平方米的库房，阔大敞亮，分开堆放着黄豆、豆饼。有时会有雪从窗外挤进来一两片。

黄豆进来后，先筛掉尘土、草屑。待黄豆干净了，再一盆一盆倒进榨油机，机器中间的出口就滴出了透亮透亮的黄豆油，另一个口出豆饼。

一天不停地重复这几个动作：添黄豆、拍豆饼、换桶、倒油，拍豆饼、拢豆饼、换桶、倒油。成惠确实有点累了。

就在前天，她黑油油的一撮头发被卷进了榨油机，头皮也破了一块，一着急，左手食指也被榨油机齿轮绞了一下，疼得要死。

但成惠没有吭一声。现在，她的左手指头肿得像个烤熟的包子。

她弯曲右手指头轻轻挠着左手，感觉痒痒的，心里像是有一根丝线，牵得她鼻子酸酸、麻麻的。记得7月份来奶厂上班时，她穿着一身淡绿色的连衣裙，嫩白的脸上闪着瓷的光泽，像一朵初绽的清荷。四个多月，编制凭证、登记日记账和各种明细账、编制科目汇总表、登记总分类账、做会计报表等，成惠一一掌握并谙熟于心。

现在，天已经下雪了。她却变成了一朵萎靡的残荷。胸前油乎乎的围裙从脖根一直打到小腿肚子，和沾着豆渣的黑色短筒胶鞋接轨，手上持一根光溜溜的一尺来长的木棍，小脸黄黄的，下巴颏尖得能戳人。

调她离开会计岗位时，厂长说要让她好好"反思"。但是反思什么呢？成惠想了好久也想不出个所以然来。

她只知道，出纳贾师是她的知心大姐，她什么话都给她讲，厂里纪律松散、人员结构庞杂，还有一些资源浪费现象，都和盘托出、说给她听。老会计爱搓麻将，看人时从老花镜下面往外瞄。成惠的使命本就是来顶替她的。但老会计常常带成惠去她家里，教她打牌，还言称要把儿子介绍给她，成惠婉言谢绝了。

贾师和厂长看起来关系不错，两个人都骑着单车每天一起上班、一起下班，那样子亲如姐弟。但让成惠困惑的是，老会计、贾师这两个人在一起时有说有笑，背后，出纳却叫会计"老妖精"，会计叫贾师"假正经"。三个人在一个办公室，成惠常常不敢多说，言多必有失嘛。

厂里开会了，厂长慢悠悠地呷了一口浓茶讲，咱厂新来的女员工不知天高地厚，散布不满言论，且行为不检、品质恶劣，必须做出处理。老会计扶了扶老花镜，得意地瞟了成惠一眼，贾师会心地笑着，笑得法令纹深如沟渠。

成惠被赶出了财务室，在隔壁库房榨油时，常听到财会室两人会心的低语和刺耳的大笑。

对面圈里，有些奶牛伸着脖子"哞哞"地叫着，有些低着头"唰唰"地吃着草料，挤奶员们把奶桶弄得"哐啷哐啷"地响。

成惠望着天空禁不住发呆，又轻轻叹了口气，转回头，木木地看着眼前这个个头不算很大、"嗡嗡嗡"响着的铁家伙。她又添了一盆黄豆，另一头就一卷一卷地冒出了热气腾腾的豆饼。这个铁家伙不急不缓，却一刻也不停歇，成惠坐在豆饼出口前的木凳上，用手里的木棍把挤在一堆的豆饼拨开，但不到一会儿又是满地的豆饼。

成惠的胳膊已经疼得抬不起来了，但她还是撑着，艰难地拿起铁锨，把豆饼一锨一锨铲到靠墙的地方堆起来，待大卷大卷的豆饼凉透了，再一锨一锨把豆饼拍成碎渣，倒进机器再榨一遍。

成惠是国家最后一批包分配的学生。读了十多年书，分配到奶厂工作，当时愿意来奶厂，也是因为可以直接上岗当会计，而现在，却在这里榨油、拍豆饼。父母若是知道，会怎么想呢。

榨黄豆时，黄灿灿的透亮的油很快滴了一桶又一桶，桶里的油满了，成惠的麻秆细胳膊抖抖索索连拖带拉提起四十斤重的桶，困难地把桶沿搭在缸口上，看着黄色的油无声倾泻进缸里，静静地沉淀。

相比榨黄豆，成惠还是喜欢榨豆饼，尤其是榨第三遍豆饼。到了第三遍，豆饼的油基本上就榨干了，滴到桶里的油也就不多了，就不用那么费力提桶、倒油了。这个时候，成惠就站在库房门口，清亮的眸子欣喜地望着银灰色的天，然后伸出手接住那从天上洋洋洒洒落下的雪花。真美啊！

和成惠一起干活的，是附近村上的傻子。傻子比成惠小两岁，嘴边长了一颗黑痣，痣上长了一根两三寸长的毛，傻子呵呵笑的时候，那根毛总是剧烈抖动着。傻子力气很大，用大号铁锹连着拍一个小时的豆饼也不停歇，但一旦停下来，就把铁锹往地上一撂，自己一屁股坐地上，瞪着成惠呼哧呼哧喘粗气。

成惠年轻秀美，身材匀称有致。那些男人端着饭碗圪蹴在水泥台上吃饭时，都静静地看着成惠，眼睛里喷着火，婆娘们就可着劲儿地骂，"看啥呢看？小心瞅瞎了你的狗眼！"

傻子半大不小的，看成惠时，眼神直愣愣的，张着嘴，偶尔还流下口水来。成惠心里毛毛的。

可后来就不怕了。每次吃饭时，她给傻子说："傻子，你先吃，吃完了来替我。"傻子都会说："姐姐先去。"

看到成惠的手肿得不像样子，傻子就把成惠按在凳子上，自己去拍豆饼、换油桶，根本不让成惠动铁锹，只让她用右手轻轻拨开机器口的豆饼。成惠心里一阵暖流弥漫开来，热得眼眶都红了。

会计和贾师来了，靠在仓库门口，贾师调笑傻子，"呦呵，傻子，还知道心疼媳妇儿哩！"会计赶紧接话，"就是就是，多恩爱般配的一对啊！"

成惠听闻这话，气得满脸通红，却一句话也说不上来。傻子也生气了，嘴里喊着"打你"，就挥舞着铁锹，向贾师、会计扑去，吓得贾师、会计尖叫着落荒而逃。

机器轰隆隆空转着，傻子和成惠却没有添豆饼，沉默了好一阵儿。

这时，傻子忽然拉起成惠的手，指着卷闸门外飘飞的雪花说："姐姐，看！"成惠望去，雪已经越下越大，从天上大片大片往下掉落，西北风将雪刮得在空中打转，但厂里的树木、水泥路面、房顶还是坐上了厚厚的一层，像雪白的可口的面包。

傻子高兴得"呵呵呵"地叫着，手舞足蹈，嘴边的那根毛也跟着兴奋地抖动，然后把一锹拍好的碎豆渣远远地扔出了库房。

成惠倏忽豁然。

每一片雪都好似没有一点重量，凛冽的风把它们裹着、挟着、推搡着，它们在空中东飘西荡、痛苦翻滚。成惠想，执着的雪最终会循着大地的方向降落，为山川湖海涂抹上自己的颜色。

日常

　　树有千种，独爱柳。柳"命贱"，随便剪根枝条插到土里都可以长成一株磅礴大树。春风裁柳。每年万物生发时，马路沿、河堤旁、池塘边，柳鹅黄嫩绿地早早到场，刚与柔的混合，点与线的杂糅，可结绳记事，可霸陵折柳。即便到了万物凋敝时，你走在雾气弥漫的路上，看着路旁绿蒙蒙一片的树可能会一懵，难道是春天这么早的来了吗？待回过神来，唉，那团像丝绸般挂在空中的绿雾，是柳。

　　三千烦恼丝可以不梳，好书不可不读。读书见不得好文章。好文章会叫人上下通气、经络通活、浑身舒畅，也会叫人念念叨叨、神神经经，忽而掩面痛哭、忽而破口痴笑，勾勾画画，咂摸回味，好似鬼魂附体一般，沉醉其间欲罢不能。人喊几遍吃饭，却两耳如塞，一丝不闻。若是遇到那无病呻吟、咬文嚼字、老婆裹脚类的文章，则似得了肠梗阻一般体内疙疙瘩瘩，哇呀呀心烦意乱。既然如同嚼蜡般，不如长吁一声，仰卧沙发、闭目养神。

　　书可以不读，文不能不写。每天这心脑好像盘了一捆子麻绳，不把它弄直捋顺溜了就痒得慌、不安宁。一日不写几句就来了脾性，跟人说话吹胡子瞪眼没个好声气，到了夜里烙烧饼辗转难眠，似乎白过了一日。直到勉强挤出几个字句，才能施施然卧榻而眠。但还保不齐半夜光着脚板溜下床去，摁亮台灯，修正那字句，或记下梦里蹦出的好词好句，然后兴奋地独坐到天明。有人把这叫神经病。

不听"女人不喝一般的茶"，只记"喝茶的女人不一般"。茶不要贵的，只要对的。夏日的绿茶，消暑、解毒，冬日的红茶，健脾、驱寒，都喜欢又酽又浓的，像咱这直脾气，带劲儿。喝茶，不仅让自己肠胃妥帖、口舌生津、回味无穷，也能从那茶的起起落落、浮浮沉沉中，琢磨出自己的人生际遇，感悟生活里的繁华与清冷。

喜看山。瞧见山心里就像大热天冲了凉水澡那般清凉舒坦。山势一派逶迤、孤峰突起，总透着股子神秘，你看多少人儿猫儿狗儿进去了，却都被山容纳消化，山还是原来的颜色，该红的红，该绿的绿。若是撇下了俗务里的斤斤计较、蝇营狗苟，初冬进山，趁露未晞、雾未散，顺着山路一直走，弯弯曲曲折折拐拐，拈根树枝在土泥的斜坡上走，踩着土塬上的枝叶，看那奇奇怪怪的巉石，摘着路旁伸到你面前的山果，什么都搁嘴里尝尝，新鲜。

山腰屋舍仄仄斜斜，门外搭个棚子，棚子下两张桌八条凳，来人了，做一盘山野菜、一碗汤面换得营生。门前的菜地不大，种了白菜、蒜苗、菠菜，自给自足，新鲜的自己吃，衰败的留给鸡狗们。两个孩儿在门口跑来跑去，扑蝴蝶、抓野兔、折花、上树，土里泥里抹了个大花脸跑回家，当妈的一把拉到怀里，用红白的手掌就揩，再往娃娃那红扑扑的脸蛋子上亲一口。

平生有两怕，一怕出门，二怕应酬。出门太闹腾，认识你的人还罢了，不认识的人，见了你客气地招呼"大姐"，或有怀里抱着孩子的人笑着叫你"阿姨""婶子"，可如何是好？你是答应还是不答应？讪笑着过去了，回过头就悄悄掏出镜子照一照，那一条条细纹从眼角已经爬到眼睑，不断拓展地盘，并欢快地加深着自己的胜利果实，提醒你不要忘记自己的年岁，你老了。

怕应酬，是因为人笨嘴拙。人说，酒是海量，文是高手，瘦马快刀，自己却相反，文章、酒量样样稀松，遇到场子，常常是坐在位子上点头听，或傻笑。若依着自己脾性做个呆瓜，自己觉得无味，别人也无趣。而且在酒场，喝，自己难受，不喝，别人难受，喝，显得豪气，不喝，人家看着扭捏，一辈子脸皮薄，不懂虚与周旋，还不想落个不磊落的名声，不如将进酒杯莫停。几杯下肚，元神就跑了三丈远，脑子好像还知觉着，人已稀软得光往下出溜。

若是被人连扛带架着弄回家，天昏地黑倒头就睡还算好的，若是在酒桌上喝个半醉半醒，放浪形骸口吐真言论人是非，那就把人丢大了。人家应酬是为人，好好地凑了一个场子让咱给砸了不说，咱这嘴一秃噜把人给得罪了多不好，以后还怎么有脸见人？所以常发誓、发长誓，不喝，打死也不喝。

现又添新癖。见一熟人把一个紫檀手串玩得油光透亮柔滑绵软，实在喜欢得紧，几番讨要未果，心里也下决心要玩出个究竟来。于是四处留意从单位菜园掐了一个小葫芦，去大唐西市弄了一串金刚菩提，还从同事那里趸摸了两个官帽儿，没事儿就在手里揉、转、搓、捏，把玩了半年好不容易上了点色，遇到熟人玩家拿出来显摆，却见人家手托一玻璃瓶、瓶口盖一木塞，瓶里有物"啾啾""啾啾"叫得极欢，人家已经开始玩蝈蝈了。

垒墙

七八十年代，砖瓦厂在村里扎根设点以前，农村盖房、围院子用的都是土胡基。

那时，相邻的两家共用一堵墙叫官墙，墙体较矮，隔壁两邻可鸡犬相闻，谁家来人了进了院子，墙这边就招呼，"凤儿她舅，出门来咧？"那边来人回，"来看一下我姐，一会儿没事过来，闷两口，凑个腿子耍耍啊！"

若是这家拉风箱，"呲呲啦啦"爆葱花，做油泼面，那香味儿就飘到那边去了，等做好了，就连碗筷一起给那家从墙头递一碗过去，一边吃着，一边隔墙谝着。

我家和向民叔家的土官墙在一场大暴雨降临后彻底垮塌，雨水灌进了院子，我家的猪惊了，越过低矮的栅栏、土墙豁口跳进了向民叔家的院子。向民叔赶紧拿笤帚疙瘩把猪撵进他家的猪栏栅里，开始和我爹商量天晴垒墙的事情。

要垒墙，得先打几摞子土胡基。

村前的地旁边有个土壕，人们都在那里挖土、打胡基。刚下了一场暴雨，土壕地表的水一点点渗了下去，停上一两天，土就又散又湿润了，用镢头挖上两大堆土，刚好可以打胡基。

第二天，太阳公公还没睡醒，父亲和向民叔就拉着架子车，载着两扇石磨盘、两个平口石头锤子、两套木制的胡基模子、两笼烧柴草灰到了土壕。两人把石磨扇抬着平放在地上。给两个石磨扇上各放一套胡基模子，草灰也是一人一笼。

两人各抓一把灰，均匀地撒到模子里，用铁锨把堆好的散土铲到模子里，一个模子三四锨土，用锨拍光，纵身一跳光着脚板站到模子上，双脚尖朝前一踩，然后双脚跟往后一踩，再一只脚从中间前后两踩，把土踩实，开始提着锤子转着圈儿地捶，捶几下后，又左一下、右一下地用脚后跟跳掉模子框上的土，在原地转着捶几下，这时模子里的土既光滑又瓷实。

我在旁边数着，爹和向民叔每一页胡基捶得不多不少，刚刚十二下。我很好奇，向民叔说，"咱农村有讲究，每天打胡基要打五百页，只能多不能少，捶多了就效率低、打不够，捶少了胡基就会散、不结实。"正说着，两人又在面上撒了一把灰。然后拆开模子，一页长50公分、宽40公分的土胡基就成了，两人各找一处地势较高，宽敞平坦的地方摞起来。

"会打不会摞，不如静静坐"，很多人会打，但不会摞，往往摞起来不一会儿就塌了，父亲和向民叔又择地势、平场子、摞胡基，都掌握着窍道，没得说。

他们连打了两天胡基，一共打了四摞子多，一数，向民叔比我爹多打了一百八十页。爹笑着说："别看你向民叔年纪轻，干啥活儿都是好把式！"

若是不下雨，在夏天，胡基晾上十来个日头就干透了。若是遇到下雨天，就得提前用麦笕苫上。再溜上一层土压盖上面，等太阳出来晒干了，拉到院子里备用。

垒墙的第一步是挑墙根儿。

墙根要用铁锨从地面往下挑一米多深，一直到锨顶到实处、挑不动为止，然后再回填土，用窝窝锤子一点点把土夯实，等到离地平线一尺左右时，再平铺一层麻麻石。村里的麻麻石都是从县城附近的河道里搬来，又大又平，宽宽展展的，石面上布满了黑点，像麻子脸一样。

卯对卯，穿插着铺好麻麻石，找一些烂瓦渣填到石头缝里，用水、泥和成的稠泥浆灌缝子，用瓦刀抹平，就开始垒胡基了。

垒胡基也有讲究。为了稳固，胡基要一层一层垒，要竖着平放一层，再立起来竖放一层，每层之间都要打一层泥浆，这样一层和一层之间才有黏性。

垒胡基的时候，一个人在上面垒，一个人要在下面递，若是墙低，下面这个人会用手递上去，墙上的人弯弯腰用手接着就可以，但若是墙垒得高够不着，就得搭木架子，根据墙的高低可搭一层，也可搭两层、三层架子。人站在木架子上，给墙上的人传递胡基。

艺高人胆大，向民叔和俺爹从不搭架子。向民叔在墙下往上抛，爹在墙上接。向民叔两手抓着胡基钟摆样忽闪了三下，然后抛给墙头俺爹，俺爹不慌不忙，等胡基到了最高点稍回落时伸手稳稳接住。这一抛、一接暗藏玄机。抛，要掌握力道、高度、弧度，弄不好胡基就撂到墙那头跌地上摔碎了，要不就把墙上的人砸了；接，也要顺着力道，该出手时再出手，既接得准、又不费劲儿。

按照既定的高度，主体墙垒好后，开始做墙顶。

先横着平放一层胡基。再按照计算尺寸用瓦刀敲胡基，两两相拼，墙两边要各苫出 5 ~ 6 公分。接着上面再顺着胡基的 40 公分短边放一层，接着依次用瓦刀敲出 30 公分、20 公分、10 公分的胡基逐个垒上去，形成一个金字塔形的墙脊。

下来和麦笕泥浆。麦笕泥就是用水、麦笕、泥和成的泥浆。麦笕不要脱粒机脱粒后的那种硬戳戳的麦笕，而要用碌碡碾过的那种穰活柔软的麦笕，用铡刀铡成 6 寸长。土要用地表层的熟土，生土有硬核儿。

和好了麦笕泥，用腻壁将麦笕泥按墙脊的形状抹上去，形成光滑的尖顶。再下来用长长的麦笕两两相对着铺过去，两边继续各苫出 5 ~ 6 公分，上面再抹一层麦笕泥，墙檐、墙顶就做好了。

剩下最后一个环节，就是人们常说的"稀泥抹光墙"了。父亲用瓦刀和腻壁将麦笕泥整面墙抹均匀、光滑，两人又批了腻子把墙粉刷一下。这样，漂亮的胡基墙就垒成了。

向民叔笑着对我和弟弟说："你爹把墙垒好了，你们姐弟俩可别学《墙头记》里的大乖和二乖，等你爹老了把你爹扶到墙头上去啊。"我和弟弟抢着说："才不会呢，等俺爹老了，我们给俺爹种满院子的花，栽满墙的藤萝，吃最香的饭。"向民叔和爹相视着呵呵笑了。

墙垒好了。让人意想不到的是，或许是秋冬季风把花籽、草籽吹到了墙头，每年春夏，墙头就长起了粉的、红的、黄的小花，给土墙增添了很多生气，甚是好看。

我后来知道，土墙只是农村建筑进化发展中的一种。自五十年代左右始，墙先后有土板墙、胡基墙、石头墙，后来人们经济好些了，就砌了青砖墙、红砖墙，墙头上也不再长花花草草了，只有倒栽在水泥里的玻璃碴子，家家户户也都盖了高高的楼房，像是封闭的城堡，邻里之间走动也变得稀罕，在很多人的心里，胡基墙竟成了人们心底最浓的一段乡愁。

矫牙

那年 3 月，母亲电话告知我家里的香椿冒芽尖了，赶快回来吃，我没二话，到了周末就开车回家，我每年这个时候都惦记着家里的香椿，再晚点回来，怕香椿老了。

见我们回来，母亲就急着端梯子、拿钩子，准备上树钩香椿。我说："您别上去，爬树我们来。"母亲却低着头捂着嘴，说："莫事莫事，我能上树。"

我听出她的声音有点怪，纳闷地问："妈，您咋啦？"她还是捂着嘴，笑得有点羞涩，"你有没有觉出我有甚变化？"我仔细想了一下说："对，您的声音好像变了，变得很洪亮，不过，怎么像个男人的声音呢。"

母亲放下手，张开唇，我的娘，母亲原来大大的门牙缝里硬是挤了一个牙出来，黄黄白白、歪歪斜斜的，母亲像是变了个人，很怪异，很滑稽。

我的脑袋像猛然被钝器击中，一时有点发晕。"妈，您怎么把牙弄成这样了？怎么不提前给我说呢？我带你去西安做个好点的牙啊……"

母亲笑着说："不去，不去那些大医院，人太多，检查起来太麻烦，花钱比咱县城多好几倍，我这么大年纪，不值当。赶紧让我给你弄吃的。"说着转身就去里屋拿东西。

说实话，那个牙太难看了，在母亲洁白的牙齿里，它突兀得像个小丑，不但一点不美观，更让本来干净利索的母亲显得有些邋遢。然而此刻我，该有多惭愧啊，我又何尝不知母亲早就需要补这个牙缝呢？

因家族遗传，我的姨、舅们的门牙间都有一条宽宽的缝隙，像是这个家族特定的徽记。母亲是姊妹中最爱美的一个。她年轻时头发乌黑，皮肤生得白皙，鼻子秀丽挺拔，是个不折不扣的美人，只是性格要强，什么事情都要占一个上风。若是有人在她当面夸别人家的媳妇儿生得好，她就会有点不服气："拴柱媳妇长得白，就是眼睛有点小，狗蛋媳妇还行，就是脸盘子有点大，强娃媳妇长得好看，可惜就是腿有点罗圈……"人家就有点不高兴，故意呛她，"要说咱村里的村花，就数你了，你看你，长得这么好看，一说话咋就漏风呢？"

一句话就戳到母亲的心窝子了，母亲立刻在人跟前矮了半截，讪讪不再言语。也是，这么标致一个人，平时不敢笑，一笑就露出宽牙缝，气质大为逊色。

多年来，母亲一直想修补一下那个牙缝，但总被这事那事给搁浅了。我和弟弟上学、毕业找工作、找对象、结婚、生孩子，一晃二十多年过去了，母亲帮我们忙前忙后，这个牙缝总没得空拾掇。直到现在，母亲都快七十了，才一个人去了县城的诊所补牙，而且舍不得花钱，连麻药都没打，把原来的两个洁白的门牙磨细，硬生生挤进来了一个牙，正对人中，真的不怎么好看……

可我懂宽牙缝人的痛苦，因为我也是受害者之一。

三十岁以前，我的牙缝很细小，不注意是看不到的，也没觉着不妥。但随着年龄的增长，牙缝宽得可侧着置放一个硬币。尤其这些年，两个门牙像是感情不和一般，距离拉得越来越远，让我被大家戏谑地称为"缝姐"。牙缝不仅影响美观，主要是吃菜一不小心就撸牙龈，喝水时因为缺少"挡板"，热水也会直烫牙龈，弄得经常牙龈发炎，苦不堪言。

长此以往，人吃饭都凑合了，也就越来越消瘦、没精打采。

门牙有缝，富贵无命。都说牙缝漏财，这也让我对这些年的困顿和穷酸找到了借口，说到底是不是和这牙齿也脱不了干系。我嘟囔过，也怨怼过，为什么母亲没能遗传给我一口整齐洁白的牙，我的工作、生活才这么地不顺当。

大前年，我去医院花钱做牙齿正畸。粘铁片，上钢丝，挂皮筋，开始那一周，只能吃流食，晚上睡觉张着嘴，口腔被磨溃烂，后来渐渐习惯，建模、戴牙套，我整整忍受了两年半时间的不适，直到去掉钢丝的那一天，我对着镜子灿然而笑。

这几年来，我深受牙缝的迫害，实在厌恶，然而想想，可母亲已经为此忍受了几十年了。按道理，矫牙这事儿，本应该我陪着母亲去医院、检查、诊断、选方案，然后给母亲一口健康的牙齿，还母亲一个心愿。可我这么疏忽，只顾过自己的小日子，把母亲的事情放在了脑后。

人心都是向下长的。母亲劳碌了一生，不仅养育了我，还帮我带孩子，而我把太多的爱和关注给了孩子，却冷落和忽视了母亲的悲苦，真的是太不应该了。我看到了我的自私，脸一阵阵地发烧。

3月天气，小冷风"飕飕"地刮着，母亲穿着棉衣、棉裤、棉窝窝，系了一条破旧的围裙，提溜着长长的铁钩子，扛着长长的木头梯子，走起路来在地上趿得"扑嗒扑嗒"地，显得很笨重。我在树下扶着梯子，母亲慢慢地爬了上去，小心地拧着钩树上的香椿芽尖。

香椿树也就一胳膊粗，并不繁茂，只是直直地戳到天上，树杈上就孤零零那几个香椿芽，母亲每费力地使一次劲，就从空里掉下来一个香椿。十分钟也就够到松松的一把。母亲择好、洗净，很快做了一盘香喷喷的香椿炒鸡蛋，让我趁热吃。

母亲讲话时故意很大声，声音有劲儿、中气足，经常乐呵呵地笑着，露出那颗怪异的小丑般的牙齿，我觉得好晃眼，好像照着我的心，我不敢看……

外婆的饸饹面

外婆生育了十个儿女，家门口的榆树皮早被人啃光、苞叶也被打碎沉淀成淀粉充饥的年代，外婆却把孩子们一个个拉扯成人，还做起了饸饹买卖，日子也过得有模有样。

记忆里的外婆，中等个头，脸盘红润饱满，平日寡言少语，但骨子里透着一股倔强和坚定，多难的日子，她都会带着一大家子人熬过来，里里外外打理得妥妥帖帖。

外婆家在蓝田县三里镇五里头崖下的土窑洞里，窑洞前长着棵两搂粗的大枣树，枣树下有一口老井。每当夜色袭来，窑洞的纱窗透出煤油灯昏黄的光，孩子们一个个在炕上发出香甜的轻鼾，外婆还在忙着准备第二天压饸饹要用的东西。她一遍遍抹净案板，调醋水、砸蒜泥、做油泼辣子，用滚烫的开水搅拌芥末，直到芥末呛得外婆流眼泪，才用布捂好。

干净整洁的土院里，枣树颔首，繁星静静镶嵌天际。外婆趁着月色，用辘轳放下铁桶，一桶桶给缸里打满水，然后把推车放到院里备用，把筐篮打扫干净。等一切收拾停当，已是凌晨一两点。

鸡叫头遍，外婆就得起身，轻手轻脚地下了炕。她利落地把黑发绾成圆圆的髻，系上蓝色的劳动布围裙，戴上套袖，给一尺八的大铁锅里添多半锅水，从柴房里抱了一大捆柴禾放在锅灶下。然后在锅上横架起木制的饸饹床，从面袋子里舀出二十斤左右的荞面放进海子（面盆），然后加水和面。

和面是个费力活儿，一般都是家里的男人干，但外公常年在外，外婆又舍不得太早喊孩子们起床，就挽起袖自己和面、揉面。她先使劲把面搓成絮状，再和到一起揉成面团，这时的面要和得越硬越好，外婆脚蹬地，左右手轮换着，使出全身力气揉面，然后一点点加少量的水，继续揉捻，一直和到面的软硬合适，才开始饧面。这叫"和硬调软"。

当然，要想饸饹色香味俱全，外婆自有窍道。这二十斤荞面要加二两石灰、两钱明矾、两斤苦荞面，这样做出来的饸饹才光滑、筋道、色泽也更好。

面饧好了，一切准备就绪，外婆才叫醒大舅和母亲，安排分工：母亲烧火、大舅压饸饹床，她全盘指挥，负责捞面、拌面。大舅和母亲不情不愿地揉着蒙眬的睡眼就位。

外婆把荞面揉搓成拳头粗、一拃长的面底儿，交给大舅。大舅把面底儿放进底部满是细眼的圆柱形的木芯孔里，再将压杆上的圆柱木芯对准圆孔，将拴着绳子的盆口大的磨扇提挂在压杆上，赶紧转身抬屁股坐到床的压杆上，左手扶压杆、右手拿着一米长的劖面棍，待木芯一点点压下去，大舅也随着压杆缓缓降落，木芯渐渐进入圆孔，受到木芯的挤压，里面的饸饹面底儿透过细眼就刷刷地落了下来，像银丝线一般。大舅则不停地用劖面棍拨开一<u>丝丝金黄色</u>

的面条。

饸饹从眼里缓缓而出、倾泻而下。这时最考验火候,火一定要烧稳,既不能让饸饹沉锅底,又不能让水打浪,否则面一挑就断,只有饸饹一进锅就漂在水面上,才能保证出来的饸饹又长又筋道。

外婆一边监督着母亲的火候,一边准备好三个大盆的凉水。饸饹面团这样装一窝子,压一窝子,再装一窝子,再压一窝子,饸饹在锅里煮好后用笊篱捞出放进盆子,过三遍水、沥干,放在案板上,开始拌油。

只看外婆拌面的样子,就会觉得饸饹面是天底下最好吃的美味。

外婆的手五指并拢,两手伸进清油碗飞快地蘸了一下,手掌相对一搓,然后均匀地涂抹在饸饹上,一边抹、一边抖、一边提,待油抹均匀了,提起饸饹在案板上"啪"地一甩,饸饹就散了开来,丝丝不粘、线线不断,从空中垂下约莫二尺长,黄灿灿、亮晶晶,满窑洞都飘着饸饹香味。

这时孩子们也就闻着饸饹的香味儿溜下炕,各自拿碗盛了吃。外婆疼我,单独给我拿只干净的喇叭头碗调饸饹,她捏了一撮黄瓜丝衬底,放饸饹,调油辣子、淡醋水、蒜泥、盐巴,又挖了一块芥末,用筷子搅匀,我就贪婪地吃开了,那口感,软而不黏,脆中有韧,刚中带柔,回味绵长。

吃了一碗没够,我自己动手提了一把饸饹放碗里调着吃,学着外婆放盐放醋,吃了两口,却发现味道不对,苦苦的,我愁眉苦脸地推开碗。外婆看见,端着我的碗挑了一筷子尝了一口,指着我调盐巴的那个碗,"是不是调这个碗的东西了?"我点点头。外婆捋了捋我额前光溜溜的头发，笑着说："傻孩子，这个是白矾，不是盐巴。"

早晨七点半，饸饹、调料已经装进了笸篮，用塑料纸蒙得严严实实，碗筷、杆秤已经备好、装筐，外婆推着轻便木车，走了半个多小时的路程到蓝田县城，在向阳公司门口支起摊位。桌子、凳子摆好，桌上放一长方形的红油漆框，把笸篮的饸饹一把把顺溜地放到框里，用油纸盖上，等顾客来买。

外婆的饸饹在县城可是响当当的，摊位支起不一会儿，小长凳上就坐满了人，有人坐在摊位上鼓动腮帮、大快朵颐，有人吃完了会再买一两斤给家人带回去。不到两个小时，饸饹就销售一空。元代诗人许有壬曾写吃饸饹的："坡远花全白，霜轻实更黄。杵头麸退墨，皑齿雪流香。玉叶翻盘薄，银丝出漏长。元宵贮膏火，燕墨笑南乡。"外婆只说一句，"吃了饸饹，全家和乐。"

吸引大家来买的，不仅是金黄色的、柔嫩香滑的饸饹，而是卖饸饹的那位头上包着蓝白色格子头巾、身着灰白色斜襟褂子、黑色单裤的婆婆。她卖的饸饹飘着土地的荞麦香，柔滑爽口、绵软筋道，是任何一家都比不上的味道，若是她哪一天未来县上卖饸饹，那些老买主就顿觉郁郁失落。

外婆已于三十年前过世了，她住的那个窑洞也早已坍塌、黄土封窑，可我经常会想起那口窑洞、那棵枣树和那个拐把子辘轳，当然还有我吃过的最香的饸饹，那是我日思夜想的外婆的味道。

第四辑

以澹然之交，
熬流年沧桑

平常心，如金兽吐出的青烟一缕，紫砂泡出的薄茶一口，拨开一切繁盛的浮华，去掉一切虚伪的热忱，虎啸龙吟，水落石现，才是最大的诚。

山东毛延茹

我深交过的山东人不多，仅有两人，一人成为脾气相投的好朋友，一人成了自家那口子。受他们影响，我眼里的山东人真诚、厚道、重义气，认识毛延茹，我又觉得山东人的形象里又多了几层意思。

延茹虚长我几岁，我不曾叫她姐，她也不曾客气地叫我妹，我们互相直呼其名，不但不觉生硬，还更觉自然、亲切。

和延茹相识，因她写文章、我读文章，我写文章、她读文章，两个女子，不经意间擦出了火花，继而惺惺相惜。透过密密麻麻的电路网络，我总觉对面的这个女子有点不一般，她应该是宽厚的，在她面前，你不愿再戴上钢盔铁甲，而甘愿和她倾心相对，她也应该是单纯的，透过她的文字，你触摸到的是一颗干净澄澈的心，含着暖人的善意。

印象最深的，是她的那篇画面感极强的《怀念母亲》，透过清秀的文字，我看到了在一个风雨肆虐的夜晚她孤单的背影，在轻轻摩挲着母亲留给她的红色衣裳，她双眼红肿、容颜仓皇，让我顿生顾怜之心。我当时想，一个如此依恋母亲的人，也定是一个用情至深的人。

她的文字，不外乎家长里短，写父母，写姐妹，写朋友，但每篇文章都透着浓浓的亲情，言语间流露出的那种幸福、知足感是让人羡慕的，但我更多的是佩服。一个女人，把家打理得妥妥帖帖，生活得体体面面，还不断用文字供养灵魂，这很是不易了。

有次，我托了很多网友帮忙宣传一下段恭让老师的新书《白鹿原下》，虽然怀着广种薄收的想法，但心底并未抱太大希望。谁知延茹竟四处联络此事，且通过一些关系推销出了大量的书，这却是我没有想到的。我和段老师要感谢她，她只说，不用。我答应的事，会尽力办好。

在此之前，我一直认为网友无非是扯个闲话、浅尝辄止、泛泛之交。没想到延茹对一个我这样素昧平生的人的托付竟如此上心，延茹对我说："我敬重每一位提笔写作的人，这么好的一位作家，要自己辛苦售书，我觉心疼，这个忙我一定是要帮的。"她改变了我对网络交友的看法，我真心感谢她。

因承蒙画家王本诚老师提点和指导，延茹萌生了为王老办画展的想法。在征得王老的同意后，延茹就联络山东那边的电台、展馆，寻商家赞助，想为王本诚老师在阳信家乡办一场画展。因是第一次筹办，缺少经验，延茹有些担心，唯恐不能做到尽善尽美，她下功夫查资料、做方案，向行家求助，一切都准备就绪后，她还不放心，惴惴地问我，还有没有什么要注意的事项。后来由于一些不可为的因素，再加上天气变冷，考虑到王老的身体状况，此事便延缓了下来。但其间，延茹为此事四处奔波、日夜难寐的情况我确是知道的。

延茹本就是一个热心肠。她帮助朋友开过画室，为我售过图书，为人处世都很为朋友考虑，对朋友托付的事总是竭尽所能，不怕麻烦，这都是我难以做到的。

相识半年，我出差去济南，她从阳信赶来酒店和我见面。我是个近视眼，看酒店门口人影绰绰，一个高个子的黑衣女子边打电话边向我走来，竟直接拽了我的胳膊喊出我的名字，我抓着她的手，一下子激动得不知如何是好。

到了酒店，我们喝茶、聊天、合影，晒到朋友圈，人说是姊妹花，我对这个说法很是满意。但人又补充了一句，"你这个妹妹生得真美！"我显摆说，"她叫毛延茹，是我《在简单里安顿自己》的代言人"。其实，据我所知，一些做护肤产品的商家找她代言，都被她一一婉拒了。我戏说："延茹，一女不嫁二夫，你做了我的代言，以后就不能再代言别家的了。"

那是11月初，济南的风很大。我们坐在小饭馆里，从中午十二点开始喝酒、聊天，一直到下午五六点，才不得不分开。具体聊的什么我忘了，只是那五六个小时里，我们一直手牵着手不放开，还把店家仅存的几瓶趵突泉全喝光了。临走时，延茹送给我两只民俗虎枕和一幅字。

我曾和她聊过我的不如意。我迷迷糊糊闯进了文学圈，也出了自己的书，却不断有恶意诋毁接踵而来，我说是不在意，但究竟心里不舒服。她玩笑一句："康娜，我的公众号叫茹此不同，你的号不如叫娜又怎样？"淡淡一句，不快一扫而光。

现在这个年代，能有个思想和你同步、频率和你相当，令你信赖、交心的人，实乃幸事。

白描笨聪

　　一座郁郁葱葱、重岩叠嶂的远山，走过了树木蓊郁、鲜花怒放的时节，而今却有万物萧然、枯叶飘零之感。

　　淡咖色的简约平展的肌肤，泛着滋润而光洁的色泽，柔软中透着弹性和质感，像是氲着一层薄薄的烟雾，素胚描摹出的青花笔，浓淡转折间，恍惚飘过的一丝女子之妩媚。但略微突出的宽而高的颧骨，似乎预示着主人公不同寻常的命运。

　　宽大而简约的厅堂之上，覆盖着不长不短的三寸黑发，乌乌柔柔，悄然遮住几分不羁，勒住了野马之心。

　　远山之下，是两行零零散散、星星点点却大致相聚的粗线，好似大自然勾勒的粗线条，又像两只蠕动着的怪异爬虫，呈一撇一捺的"八字"形。在自发至颈之间的地段，构成了一个大大的"囧"字，欢笑时，那只"囧"随着肌肉"突突"抖动，显得动感有趣。

　　那鼻，是一个高高的三角形的山脊，长长地匍匐在宽广之地，以挺立的姿态傲然登堂入室，直捣印堂，并在两眼之间忽然向下波折，似车在宽阔的行进途中忽然下了一个陡坡，接着又温柔地蜿蜒而上，爬行摸索前进的路线。

鼻翼之下，薄唇之上，两撇不粗不细的小胡子与隔山越岭的两道眉毛遥相呼应，只是这小胡子的左右亲密地连在了一起，约莫五六公分，横跨了鼻下深深的水沟，平添几许熟男风味。

橙红色的薄唇，有违传统的中庸之道，巧言善辩而口不择言，折损己之福报，吸引人，也伤了人。

两只眼，若分解来看，各有千秋，一只细而长，一只长而细，与中国东高西低的地形相似，但咋看都是一对亲兄弟，二者覆盖着一张吹弹可破的韩范儿单眼皮，乌黑晶亮的眸子，像是两个极其神秘而又不可捉摸的黑洞，要把人深深地吸了进去，其后果不堪设想。

至上翘的眼尾，才明白这一双似醉非醉的桃花眼，早已泄露出了主人公一段段令无数男人艳羡的香浓艳丽的情史。开怀之时，春风十里，无限江山，最怕是，黯然伤神时，微红的眼里滴出的清泪，让人沉入无边无际的黑暗。

眉间放一字宽，看一段人世风光，这张尝遍了纯净与沧桑、悲伤与欣喜、失望与绝望、顿悟与迷茫的脸，也似是一个集结了脆弱而多情、善感而荒唐、矛盾而纠结的脸，更多的，却也勾勒出一位诗人才子满腹经纶却无家可恋的寂寞和孤单。

那眉间的蕴含，处处多情事，最最薄情人。

张赫

一直想不通他能当我们 13 届 24 班研究生班班长。

认识张赫的，都知道他不是一个"好人"。长着一张近似正方形的脸，却和"正"搭不上关系，做人如此不着调，说话如此不正经。

他讲话总没个正形，不胡说几句就不知说什么。生病高烧不退，同学致电垂询，"张赫，你干什么呢？出来聚聚？""伙儿，我在发骚呢，没空……"

他最大的"特长"，就是以"色"观人、观事、观景。男同学出差，他说让人家放心出差，他每天晚上都会去"照顾"人家老婆；朋友孩子过满月，他会包个大红包，对朋友说，感谢朋友替他抚儿养女；看美女照片，他说他只看下半部分就能认出那是谁……

他会当着人家老公的面"调戏"人家老婆，会趴到人家老公耳旁把手蜷成筒状坏笑地悄声说："你老婆真棒！"会在唱歌时左拥右抱、放浪形骸，喊着"这过的简直就是皇上一样的日子啊。"这样一个人，你绝对可以称为是一个坏蛋，甚至，称得上是一个地地道道的"流氓"。

我常说，流氓不可怕，就怕流氓有文化。然而非常不幸的是，他就是那种有文化的流氓。

他站在台上讲话，从不带稿，却亲切朴实、人情味浓厚。他的文章自带钩子，直戳人心底最柔软的地方，让人喜爱、回味、深思。与人聊天，天南地北、引经据典、诗词歌赋、古今中外，仿佛整个世界都是他的，我们只是他世界的看客。从他那里，我们知道了，三十而立的意思是"到了三十岁的时候，儿子应该会站立了……"

他的"流氓"文化，影响了我们班的学生，远远不仅如此，还影响了外班的乃至整个学校的学生。学校活动出节目，他和同班另一位大师级人物出演相声节目，从不循规蹈矩，将原创经典走到底，笑中有泪，乐里有哀，开掘之深、之广，完全不输那些腕儿。但由于他的本"色"，在学校节目审批时，很多次都被砍掉。然而他们俩往台上一站，一胖一瘦，一高一矮，一黑一白，一个长方形、一个正方形。不开口，就是一段相声。他们发声，下面的同学就掌声如雷、哨声不绝。不过我认为那是大家审丑疲劳所致。

他喝酒，从不把酒换白开水偷奸耍滑，杯杯见底；他一边嘟囔着自己日子太穷过得太苦，一边时不时在公交车上帮忘了带卡或钱的陌生人刷卡。他在路边等车，见到衣着暴露的美女会喷鼻血，在车上见到老太太也会主动让座；整天想着怎么赚钱，极有原则地不取不义之财。经常醉醺醺回家，但只要有时间就会陪母亲冲进早市，与菜贩子为几毛钱讨价还价，也会陪夫人散心、陪孩子开心……

在他2006年的日志里，我看到了这样一段文字：那时我还有她，还有爱。两千个日夜的思念是一种习惯。记得我们曾经有一次因为没钱而一起饿肚子；也曾经有一次因为捡到了钱而可以在小花园中有一顿美餐；曾经有一次因为只有一把伞而互相推让，都宁愿自己淋雨；也曾经有一次因为受了委屈而互相安慰，都宁愿自己更难过……

我不知道"流氓"也曾为爱单纯过、付出过，也曾如此正经过。正如他说，现如今，当别人都在假装正经时，我只好假装不正经了。

同学聚会，他在，他是话题，他不在，他依然是话题。这便是身为"流氓"的得意之处，也是作为流氓朋友的"纠结"之处。

有人问我，"西大13届有个哈怂，叫张赫，你认识不？"我摇摇头说，一脸茫然"不认识"。又有人问，"你们西大有个才华横溢、赫赫有名的人，叫张赫，你听说过没？"我说，"他是1324班的，我也是。"

以澹然之交，熬流年沧桑

时光如琢如磨，走过千万次的聚散离合，才发现：人要修的，其实不过是一颗清风明月、小葱豆腐般的平常心。

平常心不是无所谓，而是不预设、不迎合，不违逆本心，对待任何人，都能轻松自在、真实自然、毫不造作、坦然相待，无论浑水沉泥沙，我自溪水濯顽石，清澈见底。

君子之交在于淡。张充和先生在七十寿诞上写了一副对联，"十分冷淡存知己，一曲微茫度此生。"冷为静，淡为漠，即是以德为邻，以文会友，淡至无味，却从容自在。

有时想想，一个在旁人眼中似乎有些"不近人情"的人，恰恰才是对人最大的尊重。而一个压瘪自己、吹捧他人，对人八面玲珑、左右逢源的人，圆滑如刀切豆腐，精明到没有缝隙，看似温暖厚道有余，却溢出了一些世故和狡黠。

很多人甫一见面，就先给你戴上各类头衔与帽子，继而鞍前马后、如胶似漆，让你在大而虚空的鼓吹下不知不觉"三观"扭曲，最后却拖着你折戟入海，或燃烧成灰。

这种人，人前无比热闹，人后世事苍凉。

与人相处的难度，不是如何热情似火，而是怎样随心坦然。所谓"话到嘴边留三分"，说话思前想后、脑汁绞尽，想着法儿地附和、顺从，最后发现，你敢惯，他就敢揽，给他一树花开，他却要攫取你整座山峦，这样的交往，到头来终将人心渐冷、欢情渐薄。

迁就不仅让你的付出变得廉价，甚至会演变成最大的恶。有的人，你不扎他一下，他就永远不知收手，善举与纵恶紧紧一步之遥，无原则地迁就，一不小心让你的不好意思变成了他人饕餮之欲的开胃菜。

不用活在别人的眼光里。在有眼疾的人那里，看什么都有翳障。一个满身负能量的人，以清水投石、搅扰他人的秩序、不断破坏人们心中的美好，来宣泄忌妒和阴冷的情绪，维系自己不堪的心理平衡，获取撕裂的快感，这样的人心太刻薄、太鄙陋、太黑暗，暗无天日。

平凹先生说，朋友是磁石吸来的铁片儿、钉子、螺丝帽、小别针，只要愿意，俗世的任何尘土都能把它吸来。欣赏《三国》里的血性男儿，关羽之于刘备，没有豪言壮语和巧言令色，却自始至终成其左膀右臂、不离不弃。

战国廉蔺交，盛唐李孟情，真朋友，为善而不欲人知，再大的风雨、再多的分合都不会走散。切切念念迎合而来的可能不是朋友，而是一阵刮疼眼睛的风。世事皆如此，凡是无缘无故就打得火热，也会无缘无故地轰然离散。

世上有两种人，有一种人永远盼你出彩，有一种人却永远为你喝倒彩，有人希望你活成童话，有人坐等看你的笑话，一个没有仰望与尊重的相处，不会熬过流年的沧桑，唯有澹然自在的交往，才能走过岁月的流长。

生命中的每场相逢终是路过，在他人的世界里，说到底也只是散兵游勇、过路小卒，人首先是要顺遂自己。在一场场露水般的相遇里，你热情似火地拥抱了别人，却敷衍塞责了自己，一个没有能力取悦自己的人，才是人性里的硬伤。

平常心，如金兽吐出的青烟一缕，紫砂泡出的薄茶一口，拨开一切繁盛的浮华，去掉一切虚伪的热忱，虎啸龙吟，水落石现，才是交往中最大的诚。

坐火车

关于火车，脑海里总有一种情景：在深秋最后一抹夕阳的烘托中，火车的"呜呜呜"的汽笛声夹杂着熟悉的青草味呼啸而来，那种车轮碾压铁道上的震撼有穿透力的"哐哐"声，厚重而有韵律，一直连绵到很远的地方。

铁路旁的风景是令人心醉的，有着优美的田园风光。两边通常是大片的田地，常有农人戴着草帽、推着车子在地里收割庄稼，七零八落地散布一些简陋的瓦房寂寂兀立，坡沟上是繁花，电线从空里横穿而过，偶见麻雀在线上跳跃，像是空中移动的逗号。

小时候，我常常顶着日头，背着老笼，在铁道边给牛割草，累了，就撂下镰刀，坐在铁道旁看着火车，那黑色的长尾巴的大家伙像一头发疯的野牛，顶上冒着黑烟，呼呼地奔驰过来，带着种想要碾碎一切的野性、狂劲，很是过瘾。从车窗里一闪即逝的一副副陌生的面孔，他们悠闲惬意的样子叫我羡慕得紧，有的人手托腮帮静静望着窗外，有的人则欢快地向我招摇着手绢。我完全能够想象，坐在那种疾驰而过的畅快和吹着风的舒坦。

我有多么向往，能够坐在火车走廊的叠椅上，吹着异乡的夜风，看着异城的点点灯火，在心里默数着路过的桥、穿过的洞和停过的站台，然后，在"哐当哐当"摇摇晃晃的列车中做一个酣畅的梦。

稍稍年长一些，我终于开始了人生中的第一次坐火车。我和一位女同学去宝鸡看另一位同学，进站时听说我们要坐的那列车乘客已满，不再进人了，眼看天黑了，总不能就这样回去吧。于是迷迷糊糊随着人流涌进了车站，排队翻车窗，我们两个第一次翻车窗，简直是手足无措，车内的人拽着胳膊拉，后面的人托着腿，稀里糊涂地翻了进去，那种惊慌、忐忑又新奇的感觉，让人心怦怦直跳，直到火车徐徐启动，我们俩才放开汗涔涔的手。

但刚走了一会儿，一个年纪较大的乘务员就开始查票了。很多人被带进乘务员车厢查票、训斥、补票。这又把我们吓坏了，两个从未离开过父母、未出过远门的孩子，又身无分文，根本估计不到我们会被怎么处理。可能是看到我们是两个满脸稚气、一身的学生装，那位乘务员大伯竟然网开一面，放过了我们，没有强迫我们补票，也没有把我们留问察看，还和颜悦色地寻了一个座位让我们俩换着坐。

那些懵懂得天真无邪、胆大得不知所以、贫穷得理直气壮的日子，到后来都成了叫人慨叹的珍贵时刻。

一生里坐火车的次数不多，还记得十年前的秋天，我提了一个箱子，准备去深圳打工，我握着票根随着人流进了火车，爬到最上面的卧铺。一个站又一个站过去，旅客上了一拨又下了一拨，我却没有心思享受车窗外的风景，只是静静地躺着，望着车顶，不说一言。

到了饭点，有人起身去餐厅，有人买了小推车上的火腿肠、方便面和榨菜，车厢里飘着诱人的饭香。我饿得前心贴后背，却没有心情吃饭，想着自己遭受的委屈，如今背井离乡沦落去陌生的城市，前途渺茫又无依无靠，眼泪就哗哗地往下流。

斜下铺位子上坐着一位灰白头发的老人，他从进车厢时就在看书，那种安静文气的样子让我判断他是一位退休的老教师。见我躺在床上一动不动，他起身离开座位，两分钟后端着一盒饭回来了，他轻轻敲了一下我的床，"女子，别难受了，再大不了的事情咱都得先吃饭不是？快下来！把这饭吃了！"我不好意思拂老人的好意，红着眼睛低头说了声"谢谢"，就爬到下铺，端起饭盒往嘴里扒米饭。

老人说："女子，你也是西安的吧，出了西安，咱就是一家人了，我给你多说两句。你说这辈子谁能不经几件事呢？遇事心要大、想开点，那些事啊，就不是事儿了。"

在昏暗的月台和朦胧的灯光下，老人随着稀稀落落却匆匆忙忙的行人，在衡阳下了车。

多少年过去了，我却一直没有忘记那位老人和他简单的几句话语，在心里存下了那趟列车上转瞬即逝的善意之美。

后来坐火车已经很老练了。我坐火车去四川吃成都的枇杷、重庆的火锅，去无锡灵山祈福，摸佛手、触佛脚，去过云南的丽江古城听纳西古乐，但最享受的还是在路上的感觉。

早上从铺上爬起来，揉一下惺忪的眼睛，乘客们一个个肩头搭一条毛巾，牙杯、牙刷，上铺的爬了下来，一转身就能碰到，互相歉意地笑笑，这个说："晚上睡觉打呼噜，吵着大家了吧！"另一个说，"没有没有，我的呼噜声比你的还要大。"说完哈哈一笑，聊上几句，彼此还加了微信。

这些年，火车载着我去过不少地方。各个线路和干道、站台都有不一样的风景，沪宁线上的苏州豆腐干，无锡肉骨头、油面筋，常州萝卜干、寸斤糖、麻饼，镇江香醋，南京板鸭，特产并不贵，但我更喜欢在夜晚，坐在窗边的硬座上，一杯清水，一份报纸，黑漆漆的夜，听着窗外的风，总有一种难舍的慨叹。

如今家乡附近铁道两旁的青草从春暖花开的碧绿到金色夕阳的枯黄。我常常想起小时候重复很多次的对话："你长大以后想干什么？""长大了我要坐火车。""你要坐火车去哪里？""我要去很远很远的地方。"

老宅院

一处院落，两间厦房，一口窑洞。坐落在阳坡下的老宅院，蛛网封门，杂草密布、杂树丛生，已荒废有二十余年。横亘在土门前的一小片菜地，估摸是隔壁家开辟的，想进院子已无处下脚，只能从菜地的垄畔跳跃穿过。

院里荒草及膝，歪七扭八的刺荆棘树高近两丈。左边靠围墙的地方，曾是两棵相互攀附的大石榴树，年年秋冬时分就挂了果，结着圆而红的大石榴，像是悬着的红灯笼。以前每年到这个时候，继奶奶都会搭着梯子摘石榴，再精挑几个最大的石榴兜在围裙里给我留着。

而今，那两棵石榴树早已不见，只剩一株寂寞的核桃树兀自在空中伸展着，枝干一直伸到隔壁墙头。院两边的围墙像两面绿色的屏障，隔开了老屋的冷清与屋外的繁华。

格子窗尚且坚固，窗纱已破可探手。两扇黑色木门紧闭，门槛已无，只有几摞秃了棱角的砖头挡着呼啸的风。长不见源头的藤蔓一根根、一道道斜斜从房顶的青瓦缝间垂下，遮住了窗，铁门环蒙灰寸厚，门前蛛网罗布。

儿时，我总是站在门槛上踮起脚尖，“啪啪啪”叩响铁门环，继奶奶就“哐啷”从里面拉开门闩，像个孩子一样斜斜地探出头，见是我，瘦削的脸就多了点笑容，稍带嗔怪地说：“怎么和你娘一样没良心，这么久都不来看我，亏你还惦记奶奶！”

铁门环仍在眼前，再次叩响，却不见开门人踪影，听不到那痴怨的言语。推开门，木棍拨开蛛网，刺眼的阳光从上面直灌而入。屋顶已开了“天窗”，悠长碧绿的藤萝挂在檩木上，连同那根带着铁钩的草绳，在风里轻轻晃动。

那时铁钩上总挂着一个笼，里面放着点心、枣花、糖果等好吃的。小小的我常望着高高挂在铁钩上的笼，转了一圈又一圈。继奶奶就会踩着小矮凳，从笼里变戏法一样拿出各样好吃的给我。而今铁钩下，黑乎乎的小矮凳的裂纹也已被封尘。

靠近后门的地方是锅灶台，两尺长的风箱上覆着一层细灰，煮了多年饭食的那口锅烂了一个豁口，锅耳也不知何时折断。可我好像看见继奶奶就坐在风箱旁，左手填着柴禾、右手拉着风箱，炉灶的火熊熊地烧得很旺，扣在锅底的碗还在“嗒嗒嗒嗒”地响着，继奶奶揭开锅盖，拿了一个热得烫手的红薯，左右手倒来倒去，然后撩起我的衣襟塞到我怀里。

正对门的是厅堂。厅正中间靠墙处是一个约四米长的大木板，那是爷爷的裁衣台，台上放着一把米尺、一个铁制的水壶、一个搪瓷缸子和一把锈迹斑斑的大剪刀。挨着案板的是一台老式缝纫机。恍惚里，我好像看见爷爷在裁剪着他最拿手的中山装，他肩搭皮尺，一手拿直尺、一手拿划粉，三两下就画好线，然后持着大剪刀“咔嚓咔嚓"裁剪着布料，锁完边，"嗒嗒塔塔"地踏着缝纫机，将衣服平铺在板上，拎着水壶给搪瓷杯里倒了一杯水，端起来给嘴里含了一大口，然后"噗"地一下均匀地喷洒在衣物上，再将衣物熨烫得平平整整。继奶奶就静静坐在矮凳上，针线笸箩放在她脚下，她戴着眼镜穿针引线、锁制着扣眼，一个个钉上纽扣。

左边的厦房是一个大炕。一张破旧的、翻卷起来的画报遮住了炕上的墙洞。我爬到炕上，从墙洞里拿出一个红木匣子。拂去匣面灰尘，打开用布条束绑着一卷层层叠叠的东西，牛皮纸的鞋帮、鞋底样，从小到大，整整齐齐，铺开最里面那张纸，却是爷爷和继奶奶的结婚证。证上的国旗鲜红、国徽庄严，麦穗和红花铺边，端庄隽丽的毛笔楷体从右至左写着"康均平与任素琴自愿结婚，经审查和于中华人民共和国婚姻法关于结婚的规定，发给此证。"落款：一九五六年八月卅一日　蓝田县人民委员会。

我才知道，继奶奶的名字叫任素琴。以前只知她是山西人，曾是夜校教师，在我前两个奶奶去世后嫁给了爷爷。

印象里的继奶奶，瘦小却精干利落，总喜欢穿一件灰白的斜襟布衫，银白的头发常常整齐地梳在脑后，绾成一个圆圆的髻。她曾是那么要强，不肯与人低头，也因此与我们早早分家。但爷爷去世后，她常常一个人坐在院子里，用枯干的手指点燃纸烟，一口口吸着，眼神孤独而安静，望着远处，直到那眼神黯淡、熄灭了光。

她是在后面那口黑漆漆的窑洞里走的。我不曾知道窑洞里是什么样子，从来没有进去过，现在也不敢进去。如今，老宅院的人都一个个地走了，来来去去的，只有东西南北的风。

旧时年俗

到了年关，再不食人间烟火的人也是清静不了的。祭灶、守岁、拜年、元宵，每个节点都在撩拨着人心，仿佛整个世界都成了热闹喧腾的海洋。

"二十三，祭灶官。"过小年那天，村里家家户户开始"祭灶神"，给"灶王爷"位前供奉花生、瓜子、香烟、糖果和清水，还要选头茬的上等面烙灶爷饦，再贴上"上天言好事，下凡降吉祥"的对联。印象里，我家墙上贴的灶王爷总是披红挂黄，白面、红腮、长胡子，确实是个美男子，他两边各站一红衣童子和绿衣童女，据说分别是"招财童子"和"利市仙官"，看起来富态、可爱。

二十四，扫灰刺。南方把这叫"掸尘"，我们北方称为"扫房"。各家各户开始卫生大扫除，房前屋后、犄角旮旯都打扫得干干净净、一尘不染，要把"穷运""晦气"统统扫出门。我家也清洗了茶托、水壶等各种器具，母亲拆洗被褥窗帘，父亲洒水打扫庭院，掸拂掉墙角的尘垢蛛网，然后拿出刀刀剪剪，给我们理发，以除旧迎新、拔除不祥，忙完后再烧一锅热水，把全身和脚丫子都擦洗干净，说是"一个不洗脚，流脓害水七个月"。

二十八，握疙瘩，开始蒸年馍了。父亲忙活着揉面、剁面、揎馍，母亲煮红豆、切菜、和馅，我和弟弟抱柴禾、烧锅，蒸的有油旋、菜包、豆包和肉包。因为正月十五前不能再蒸馍，所以一次要蒸够十多天的馍，别家都要蒸好几笸篮，我家人少，蒸满满一笸篮就够吃了。我和弟弟特别爱吃豆包，看着母亲把红小豆煮熟，压成豆沙，包进面皮，上笼蒸四十分钟，一锅豆包就好了。我忍着烫从笼里抓了个热气腾腾的豆包在左右手中来回地倒腾，一口把豆包咬了大半个，甜丝丝的红豆沙和着麦面香，吃了一个还想再吃一个。热气腾腾的年馍有着极好的寓意，意味着新的一年会蒸蒸日上。

当然，除了蒸自家吃的馍，还要蒸枣花馍。"腊月二十八，家家蒸枣花"。在农村，蒸枣花馍是很常见的，所谓枣花馍，就是枣和面的结合，发面根据需要做成不同形态的花瓣后，给每个瓣上点上红枣泥，放进蒸笼蒸，就成了一个精致的枣花馍。"闺女搬娘枣山，日子越过越鲜"，枣花馍多是女子回娘家带的，以前母亲每次过年看姥姥都要带回又鲜又白的枣花馍，姥姥、舅舅他们也都回枣花馍给我们。

腊月二十五到二十九是赶年集的最佳时候。早上八点，县城街边的摊位已经摆上了货物，四邻八乡的人也都早早地来采购年货了。街边的杂货铺一家挨着一家，无非是气球、塑料盆、竹编的框框篮篮、刷子等物什，卖的衣物也都是八块十块钱的便宜货。有一位中年妇女试裤子，一边笑着，一边直接把裤子套在旧裤子外面，裹得圆咕噜嘟，但她看起来很满意，利索地给老板交了钱。但和平时不一样的是满街都被红色包围，卖红灯笼、红鞭炮、红年画、红春联，有的老人家在两棵树之间拉了根绳子，挂上对联，摆张桌子，根据客人要求写对子，至于对子内容，无非是"万事如意步步高 一帆风顺年年好""天赐平安吉祥福地生富贵鸿运财""福旺财旺运气旺 家兴人兴事业兴""天增岁月人增寿 春满乾坤福满门"等一些浅显易懂的内容。

那几天卖炮仗的铺子生意红火。连环炮、双响炮、二踢脚一捆捆、一卷卷、一盘盘摆满店铺，还有花火、甩炮，有人想试一下炮仗的声音，用香点燃了炮眼儿，只听"啪"的一声脆响，震耳欲裂，纸屑四散开来，买炮的人二话不说，满意地付钱。但也有点炮眼后，炮眼冒着火星子"呲呲"叫着却没有响的哑炮，老板就赔着笑脸重换新炮试。那个老板中年人，戴着蓝套袖，但一般自己不搬货，都是客人们自己搬，把数字报给老板，老板只忙活低头点钱，弯腰找零，来不及对这个顾客细致地说声下次再来，另一个顾客已在催促了。

到了年三十，全家人就早早起来，忙活着糊窗花、贴年画、贴春联。

母亲不会剪窗花，就请前村的李老太帮我们剪。李老太八十了，却眼不花、耳不聋，她熟练地把红红绿绿的彩纸折叠起来，用一把小剪刀连剜带剪，三下五除二就出来一张张生动好看的窗花，燕穿桃柳、喜鹊登梅、孔雀戏牡丹、狮子滚绣球，辞旧迎新、接福纳祥，有些家的窗户糊的是白纸，有些已经装上了玻璃，窗花还是贴在玻璃上最好看，里面外面都能看到。为了贴这个窗花，我早早催促父亲把裁好了的玻璃装上，并积极地用干抹布把玻璃擦得一点灰都没有，再用母亲提前打好的糨糊糊到窗花的背面，贴到玻璃窗上，前看后看，喜滋滋的。

我家门画年年都贴"秦琼敬德"，一持鞭，一执枪，一黑脸浓须，一白面虬髯，金盔甲胄，威风凛凛。在室内贴年画，我家土墙上贴的年画多是《连年有余》《富贵满堂》《盗仙草》《杨家将》，还有合家欢、胖娃娃等，都是大红大绿大黄等鲜艳火爆的色彩，以祝愿新年吉庆、驱凶迎祥。

贴春联也是很重要的环节。我端着母亲用面粉打的小半碗糨糊，里面插根筷子，弟弟给父亲扶着梯子，父亲一手扶梯子，一手小心翼翼地提着背后糊着糨糊的两米长的大对子，比比画画端端正正地贴到门框上，然后从上往下一点点按实在，糊结实，看有翘边的地方，我就用筷子蘸点糨糊涂涂抹抹。我家的对联是"祖国江山千古秀 神州大地万物春"，母亲夸父亲这对联买得好，不仅顾小家，也顾了大家。随后，我们还在红漆脱落的里屋门扇上、倒贴上大大小小的"福"字，表示"福气到了"。

年三十是"月穷岁尽之日"，也是仪式最为隆重的时候，最重要的节目就是包饺子、吃年夜饭、放爆竹、守岁。

吃完下午饭，到了九十点钟，我家开始准备包饺子。母亲剁肉、调馅，父亲和面、擀皮儿，我烧水，弟弟剥蒜、砸蒜泥儿，大家各负其责、分工明确，很快就包好了饺子。母亲从锅里捞出了白白胖胖的大饺子，一边叮咛我们不能说破、碎、烂等忌语，而要说"挣"了或"涨"了，我们每个人都吃得小心翼翼，年年的钢镚儿几乎都被我吃到，每次我都在弟弟羡慕的目光下吐出钢镚儿用指头一捏，高兴地喊着："爸爸、妈妈，我吃到钢镚儿了。"父亲和母亲会说，好好好，新年交好运，也会鼓励弟弟来年再接再厉。

五六点天麻麻黑时，父亲把点燃的蜡烛穿进灯笼的铁丝环里，搭梯子把灯笼挂在大门两边的门框上，而且会每天换新蜡烛、一直挂到正月十五，说这叫益寿延年、香火不断，母亲也不闲着，找了根棍子放在门口，说是这样家财就不会跑出门儿了。

那时农村没有电视，平时晚上八九点我们就睡觉了，但年三十晚上，我和弟弟都很兴奋，和父母亲坐在火炕上聊天，央求父亲给我们唱座山雕、小常宝、红灯记样板戏。母亲拨亮煤油灯，一家四口人的影子就高高低低地映在墙上，等待辞旧迎新的时刻，那样的场面现在回想起来依然很是温馨。

再来说放爆竹，下午三四点时，村里的烟花爆竹声就"噼里啪啦"零星地响起来，接近晚上十二点，父亲和弟弟就提前到院子里做准备工作，弟弟用棍子挑了一大串鞭炮，父亲点燃香烟，待新年的钟声响起，父亲就用香烟点燃炮眼。此时鞭炮齐鸣，前村后村像是约好了一样，整个村子被噼噼啪啪的炮仗声包围，空气里充满硝味的淡蓝色烟雾，燃烧过的爆竹碎屑也落了一地，窝里的鸡鸭也不安分地闹腾起来。

十二点一过，我和弟弟给父母磕头拜年，父亲母亲给我和弟弟发压岁钱，一人两角，放在枕头下，我们就甜甜地睡了，第二天一觉睡到自然醒，穿上崭新的衣裤下炕蹦跶。大年初一已经到了，这一天不能往外泼水、倒垃圾，否则会扫走运气、破财，母亲也会小心翼翼将垃圾扫至墙角，待初一过后再清理。

初二到初六，开始走亲戚。不论谁家孩子出门，也不管去谁家，热情的亲戚都会给孩子的小口袋里揣满瓜子和糖果，孩子们"咚咚咚"跑着笑着闹着，瓜子糖果顺溜儿撒了一地。

初七以后，年味儿渐渐淡了下来。到了正月十五，就是最后的热闹。晌午时分，花炮响起来，锣鼓敲得震天响，早上十点多，耍社火的队伍从街头浩浩荡荡地走过来了，演员们是一色的红脸蛋，穿红戴绿。社火表演内容丰富，天女散花、钟馗捉鬼、关公保皇嫂、三堂会审等英雄好汉、历史故事、古代传说和戏曲故事都有涉及，甚是热闹。我一直都很好奇，下面的一个小人儿挑着一根棍儿，棍梢尖上站着一个小孩，颤悠悠站在高空里，那小孩子难道不害怕吗，让我特别担心，但那种担心随着欢快热闹的气氛很快就消失了。

家乡的年是俗艳的，像是新媳妇儿的被面，花花绿绿的，但俗气里透着喜庆；家乡的年也是张狂的，冲天的礼炮，肆意的彩酒，浓浓的人情味，缭绕着浓厚的凡世尘烟，令我无数次地回味、长久地依恋。

过年随笔四则

（一）芥末

过年去姨家串门，没有被餐桌上的鱼肉着迷，却被门口那趴在地面的一片绿所吸引。

今年天气干燥，久未见雪雨，但大西北依然气候干冷，在四处没有遮挡的荒野地，这片绿着实醉人。

姨在忙活招呼客人，我悄悄问姨，门口那土堆上的东西是什么，姨说是芥末。我立即想起那种调在饸饹里金黄色的泥一样的东西，呛呛的，口水就化得诞生了出来。姨说，那用做调料的芥末，就是芥末菜的种子研磨而成的。

芥末菜的幼茎和叶带着细小的锯齿状绒毛，叶子伸展着靠贴在黄土上，像一朵朵盛开的绿花。我兴致盎然地问，这个芥末菜能吃吗？该怎么做才好吃？姨说，绝对比你在城里买的菜要好吃，做起来也很简单，开水焯了，蒜泥凉拌，走时给你挖点，说完转身进屋忙了。

来的亲戚多，我又怕别人看到了和我一样产生攫取的想法，就又悄悄告知母亲，母亲离女儿心近，立刻寻来塑料袋、拿了铲子，去院前挖。

芥末菜叶有点像萝卜缨子，但是深绿的颜色，长得很舒展。在土堆上，挤着一堆堆，或是散落在旁边，一只只。

不一会儿，母亲就挖了一袋子，红色的塑料袋里是碧绿碧绿的芥末，茂盛地伸展着碧绿葱茏的叶。我悄悄咽了一口唾沫，用手翻了翻，说，刚够一盘菜。

走时，姨给母亲带了两把新笤帚，母亲坐在车上，一板一眼地说："正月天气有讲究，你再去拿两个红辣椒拴在笤帚上，拉（辣）住，以免把财拿走了。"我却不管笤帚不笤帚，急着回去尝芥末。

一到家，就用手把芥末菜择干净，用清水煮了，剥蒜，砸蒜泥儿，煎油泼，凉拌。芥末叶子好吃，被蒜汁浸泡后清爽香甜，根绵柔醇正，也是绝顶美味。

在这样的雾霾天，吃着碧绿的芥末，真的是很美呢。

（二）旧物

在城里待了几年，身子竟变娇气了，过年回了趟老家，反而受不了家里的冷，裹着大衣坐在火炕上不敢下地。待到中午，披衣站在院子里，天上倒是挂着一个太阳，小风还是刺溜刺溜的。

院子的水泥地面被父亲打扫得很干净，厦房却一直荒废，心里盘算着该怎样把家修葺一下。我推门而入，里面满满当当的物什，四个旧的黑漆木柜子，一个床板塌了的旧架子床，一辆我小时自认很拉风的摩托车，沿口破损的瓦瓮里放着麻绳、手套等杂物。

架子床上挂着一件羊皮袄。面子是蓝帆布的，领子是棕色的毛领，里面是三四寸的白羊毛。我深深记得，父亲在冬天穿着羊皮袄，把弟弟顶在头顶上，弟弟却没憋住尿，从父亲的头顶浇了下来，淋得头发、大衣都湿透了。回到家，父亲非但没有批评弟弟，反而乐滋滋地给母亲讲，眉眼间竟然是骄傲得意的神情。父亲也曾穿着那羊皮袄在大雪天爆米花，为家里赚生活费，雪花大片大片落下，羊皮袄在明灭的火光映照下发出莹莹的蓝光，为父亲隔罩出一块温暖的空间。

我伸手试着摘取羊皮袄，却沉得差点掉到地上，只能越过脚下的杂物，欠着身子双手抱取到怀里。羊皮袄针脚很细、做工精致，但蓝布面子和羊毛的里子都是浮灰和油腻，我想把它洗干净，保存起来。

乌木柜子上摆放着妆台和杂志。三本小人书映入眼帘：《吉普赛少年》《陈真传》《聪明的一休》。这是我小时候最喜欢的珍贵之物。

那个年代买小人书是很奢侈的，两三毛钱一本，想要通过勤俭节约、一分钱恨不得掰成两半花的母亲手里弄到钱去买书，简直比登天还难。但我总是借口买笔、本子，变着花样从母亲那里拿到钱，然后去买小人书。

有一次，弟弟趁父母不在家，打开柜子偷了两块钱，却舍不得自己花，给我这个当姐的买了漂亮的铅笔盒，还买了我最喜欢的那本《陈真传》，把剩下的一块多钱埋在上学路上的一棵大树底下。最后，在父亲和母亲的追问下，他去树下刨开土，把钱交了回来。

如今，小人书的封皮儿已经烂了，边角也已层层卷起。我却如获至宝，小心翼翼掸掉浮灰，用纸裹起来装进包里。

靠墙角的地方倒栽着一把塑料伞，细碎的花儿在透明的塑料上，细细的撑杆儿已经生锈。

那是我这辈子的第一把伞。以前下大雨，羡慕别的同学有油布伞。而我只能总是戴着一顶破草帽，每次下大雨，顶在头上沉甸甸的，肩膀、书包，都被打湿了。

我哭着闹着问父亲要买伞。父亲花了八元钱从城里买回来。那时的八元钱，可是家里一个月的花销啊！

以前怕天下雨，现在是天天盼下雨。终于迎来了一场小雨，穿着破烂的胶鞋，背起我的破旧黄书包，举着漂亮的小花洋伞，透明的玻璃把儿弯弯的，精巧的铁杆儿、细细的铁棍儿撑开纤细小巧的碎花塑料伞，走在雨里，像一朵雨中的透明的莲花干净纯洁。我相信，它绝对是全校最漂亮的一把伞了。

进了教室，我小心翼翼收起伞合拢起来，靠放在课桌边窗台上。

下课铃声一响，王淑利要借伞上厕所，我不舍得，却又磨不开脸面，就无奈答应了。谁知回来时，伞把儿就裂开了，她说，她捏着伞把儿转着甩水弄坏的。

我眼睛一下子红了。用胶布缠了又缠，终归再也恢复不了了。

这件件旧物，像一个故事似的，开启了藏在心灵深处许多美好的回忆。

（三）三只小羊

亲戚家养了一圈羊。

我去的时候，有三只小羊刚刚出生，亲戚说还不到半个小时。母羊屁股下还掉着一堆衣胞。如果早来半个小时就好了，就能看到生小羊的全过程，我后悔得直跺脚。

小羊们身上都灰蒙蒙的。亲戚说那是给羊身上蹭的灰，那样羊身子干得快，就不会觉得冷了。

约莫十一二平方米的长方形羊圈，养了十来只母羊，有的卧在草堆、头向墙角，有的站立着、平淡地望着生人，有的神态自若、安详咀嚼。

羊圈里用苞谷芯子笼了几堆火，噼里啪啦地响着，烟熏得人直流眼泪。

羊妈妈奶吊得好长，又肿又胀，屁股稍微动一下，羊奶就会摆动，沉腾腾的样子，小羊羔歪着脑袋，头顶着羊妈妈的肚子，嘴巴噙着羊奶，贪婪地吮吸着。

亲戚跟我说，这只羊是七月配的种，六个月后，就生下了这三只小羊。

小羊刚生下来时，全身都被羊水包裹，眼睛也被胎衣裹着，腿细细长长的，两只耳朵软软地耷拉着，羊妈妈顾不上自己的疼痛，就回头给小羊舔舐黏液，这样母子间也增强了亲和力。不一会儿，小羊就站起来吃奶了。

听说，母羊怀孕和人反应类似，也会焦躁不安，经常会踌躇，也会卧躺，生小羊后，母羊会身体疲倦、异常口渴，主人要立刻给母羊饮一些温盐水或麦麸粥，喂些青干草和麸皮，让它好好休养。母羊产后的最初几天，要注意保暖、防潮、适当喂些豆浆、小米粥等以促其迅速恢复体力、增加泌乳量。

亲戚养羊主要是销售羊奶，现在农村人也都注重养生，自家的羊奶不会转基因，喝着也放心。每只羊的奶都鼓鼓胀胀的，听说一只羊每天可产三四斤奶，亲戚真是养羊的好手。

我离开时，一只小羊低着头，颤巍巍站在门口，两只小羊挨着母羊卧在草梗上，母羊歪着脑袋，把两只小羊环在自己的脖颈下，轻轻蹭着。我脑子里蓦地就蹦出"现世安稳，岁月静好"几个字来。

（四）父亲醉酒

父亲嗜酒，过年期间更是无酒不欢，谁也劝不住。

出门走亲戚，他总是说："你姨夫爱喝酒，其他啥都可以不买，酒一定要买。"其实谁不知道，是他自己惦记着酒呢。

"吱吱"两口下肚，他就一手拉着人的手，一手拍拍人的肩膀，"兄弟兄弟"地唤着，乐呵呵讲人家小时候的糗事，带人家回忆过去，并给以评述。回忆亲戚和他小时候的情分，慨叹现在一把年纪，不知还能在世上待几年，说着说着，眼睛就一片迷茫了。

表弟带妻儿从深圳回家过年，我们特意去看望，表弟亲自下厨做了几个菜，启了一瓶西凤，说要好好陪父亲喝几杯。父亲很是高兴，来来回回敬来敬去，父亲左手拉着表弟的手，右手抚着表弟的肩，看着我表弟正儿八经地说："赟赟从小有志气，长大有出息，小时是个好孩子、好儿子，成了家也是个好丈夫，也是孩子的好父亲，来，我敬你一杯，兄弟……"

去舅爷家，他也不吝夸赞之词，"舅舅您是个能行人，饭做得好，人又幽默，咱兄弟俩的感情，连个缝缝儿都没有……"

他确实是醉了，不然怎么见谁都成"兄弟"呢。

只要走亲戚，他就一场场喝酒，只要喝酒，他就异常活跃。喜眉笑眼地逢人就夸自己的两个孩子乖，有出息，一个是医生，一个文章写得好，已经出书了。

母亲担心他的身体，不让他喝。他把酒杯一摔，脖子一梗，"咱还能让女人管住了，越不让喝，我越要喝，今天我还不走了，我要跟我兄弟喝一夜。"

离开时，他拉着亲戚的手，拍着肩膀，总是舍不得走，我们不得不催促，他就说："现在啊，和我兄弟是见一面少一面，不知道下一次还能不能见得上。"说着说着，眼圈就发红了。

父亲以前好强，谁若是有一句重话，他拧身就走。现在他脾气好了，姨舅们批评他不会过日子、房子收拾得不好，他也只是听着笑笑，不言语了。

我知道，父亲他以前白酒喝上七八两，照样给捯铁锨进地里，现在喝二三两，就耳红面热，话多了起来，反反复复地说。父亲不喝酒的时候，很沉默。手抄进上衣口袋，在院子里转了一圈又一圈，不知道该做什么。

父亲的确是老了。

村居

（一）

总嫌弃桃花太艳，梨花太淡，白日太喧嚣，夜晚太岑寂。

杂务猬集的心该清空了。腾出一块地，盖间砖瓦房，建处阔院落，种上一畦菜地。

没有山珍海味。吃的，是自家地里的南瓜和西红柿，或是两把香椿。穿的，也不是丝绸或羊绒质地的衣，只有多年的旧棉布褂。

确实没有什么珍贵的东西，绿草、阳光、空气、花朵、清泉、新鲜的蔬菜，有机的水果，俯拾皆是。

夜晚也没有灯，没有霓虹。听取虫声、蛙鸣一片。只是在这里，黯淡的心情会忽然明亮。

人们不识几个字，不会赋诗作画，没有素手调琴阅金经，长满老茧的糙手拉奏着二胡，沙哑地嘶吼上一曲《周仁回府》，和声是苍凉的风。

有时候，不知该怎么说你，清新得没有任何分寸感，美也美得没有尺度。

不是花绽如雪，干净得似个小女孩，就是姹紫嫣红，狐媚得像个小妖精。每个晨昏、四季，都要将人吸了过去，隔山隔水、千里万里地勾着你。

经常分不清楚，猩红绽露的野雏菊，绿意恣肆的灯芯草，雨后扑簌落一地的梧桐，哪一种才是你真的表情？

常常，黄昏的落日下，响着你的牧歌、看到你的鞭影，结队的羊群摇摆而过。

最为狼狈，苍蓝的天空陡然落下一阵黄豆大急骤的雨滴，惊慌地喊着娃儿拿麻袋簸箕收拾晾晒的谷堆。

你给予的，是这个世界永远也琢磨不透的谜题。你什么都没有，没有多少娱乐去消遣，只有粗鄙的乡村野趣。

然而，引用、夸张、对仗、排比所有的手法都不足以表达你的个性，一切修饰之词施于你，都不为过。

花萼翠碧、草木葳蕤间，似有某种玄机。

（二）

青山秀水可见，雨后彩虹随处。

清晨，一只蚯蚓慢吞吞从泥土中钻了出来，狗尾巴草抖了抖身子，就听见露珠破碎的声音。微风拂过旷野，四处传播着大地的气息。

最不安分的就属蝴蝶了。东飞飞西嗅嗅，周旋于百花之间，乐此不疲。满眼金黄的油菜花田也毫不逊色，幽幽的香气冲击着人的嗅觉，沁人心脾。

太阳照在任何地方，朱门与蓬户，但只有在这里被看见、被温暖。

窄窄的小路，一横。袅袅的炊烟，一竖。阡陌相依、谐趣生动，这姿态，像是在往事里，端起了一杯酒。

未有雕马轻裘而去，亦少有衣锦而归，没有荡气回肠的英雄，或是传奇中的草莽，只有黄发垂髫，怡然自乐。

这里的人，都携带着一种大西北的粗犷气息，每个都是天庭饱满、地阁方圆。

夏季，蝉在枝头嘶鸣，树叶垂头丧气。

男人扛着农具归家，黑黝黝的膀子滚着汗珠。无花瓣牛奶沐浴，只是在井边的水桶里舀一瓢凉水，举到头顶，瓢一斜，指头粗的井水从上倾泻而下，男人张着冒火的嘴、甩着湿漉漉的头发，晶亮的水珠四处迸溅，连浇三瓢，一天的疲惫倏然全无。

冬季，朔风呼啸着敲打着窗棂，雪花洋洋洒洒铺天盖地。

这阵仗，城里的人或许会欢跃欣喜一番，但这里，人们赖在被窝，懒懒地抬起眼皮，看着窗外白晃晃的雪天，火炕倒还暖和，但脸却是冰凉的，不如翻个身，继续睡他一觉。城中雪一尺，山中雪一丈，瑞雪兆丰年哪。

若是夜雪初霁、月色清朗，持瓦瓢到院里，捧上白花花的雪置于瓢里，融水，煮沸，泡茶，一饮而尽，杯底生风，生活仿佛都有了神仙气。

没有清规戒律，不必朝九晚五。如一株野菊，于山野驿外、断桥流水旁静静开落，处清幽不羡繁华，喜天然不爱粉饰，以静默之心与天地相印。原始的古朴风，文明的滥觞，一幅颠倒众生相。

有种力量看不见，如深藏于地下的庞大根系。

初春小札

（一）春已至

春天总是毫无声息地来，又悄莫声儿地溜走，明明已是春时，却难见春之踪影，待意识到"小径红稀、芳郊绿遍"时，感受身处融融春日时，却又要即将面临"流水落花春去也"的阑珊意境了。

于是，尚在乍暖还寒时，人们就已四处去寻找春的踪影了。

夜与往常并无二致，只是清晨，根根箭镞般的枝条却舒展了弹性活力，迎春花吹起了金黄的小喇叭，牵着奶奶的手遛弯的小孙儿伸出细嫩的小手惊喜地喊了起来，"奶奶您看，春天来啦，迎春花开得多好看哪！"

然而春像是走迷宫，线索并不明显。风漫过山梁、灌过山谷、卷起小径衰草，挟裹着寒气从窗户缝里直灌了进来，呜呜地吹着小号，逼得人裹紧身上的薄衣。淹留在脑海里的枯木、朔风、冰川载途、林径雪封已经撤退，溪涧烂雪、厚冰已经消融，偶有潜游的薄冰还哗啦啦碰撞、漂浮着不忍离去，而江水更显清澈，潭面无风，深碧如镜，似乎密谋酝酿着一个大大的春意，真个是春水初生、不染纤尘呢。

天空却还拧巴着，像是尚未浣洗干净的纱巾，罩着清灰色的薄雾。终于，迎来一场小雨，落在脸上、手臂上，凉丝丝的。站在檐下望去，细细密密的天雾，的确如朱自清先生笔下的：像牛毛，像花针，像细丝，密密地斜织着，人家屋顶上全笼着一层薄烟。细雨啼春，约莫是派它来打头阵了吧。

门口的桃树已经鼓苞了，远处的山林还是灰蒙蒙的，绿意未起，但微风荡去，仿佛听到了"嘎啦啦、嘎啦啦"的草木拔节声，许是春姑娘快要醒了，正在伸腰踢腿、活动关节呢。

一些细微之物开始萌动，蚊蚋嗡嗡嘤嘤，奏响了人生初始的号角，一只蜜蜂跌跌撞撞闯进晴光之屋，报来春天的第一封花信。

听说近日还有倒春寒，天气或许还是要冷上一阵子，但不管柳有没有绿，花有没有开，都不影响人们盼望春天的心境，他们甚至已经走到了山野、田间、溪涧、沟畔，去寻自己心中的春天了。

（二）待春鸟来巢

西甘河村的郊外，农人插的苹果树苗还顶着棕黄的枯叶，枝干上却冒起了凹凸的芽苞。道道田埂间，一些不知名的纽扣大的小蓝花低调地开放着，花心白得刺眼，嫩绿的枝叶在春风里摇摆。枯草、新绿铺成的土地像柔软的绒毯，散发出诱人的清香，真想躺在上面打个滚儿。

荒地里两位妇女正蹲在地上挖荠菜，一手提铲、一手提袋，铲菜、掸土、装袋，手法甚是娴熟，不一会儿碧绿肥嫩的荠菜就乖乖地躺了满满一袋子，叫人看得真眼馋。于是也依葫芦画瓢，从车上寻来小刀，没有袋子，干脆脱了外衣铺地，一个妇女笑着说我："你这个'袋子'好，这一'袋子'能吃好几天呢！"我正想搭话，另一个妇女说："这个荠菜啊，营养价值高，不管是包饺子还是凉拌、做羹汤，味道也都很好，天天吃也不会腻，等过几天下一阵儿雨，荠菜就又起一茬子呢。"

此时，她的爱人正指挥着孩子们捡拾枯草枝，说是要搭建一个鸟窝，待天气暖和些鸟儿可以来这里居住。宝贝儿们扬着桃花般的粉脸蛋得意地给我讲，"等下次来这里的时候，就能看到鸟儿在巢里生鸟蛋、孵小鸟儿啦！"

我笑着应和着桃花面宝贝儿，和他们一样期待着春鸟来巢。

（三）水街寻春

去周至探友，顺道去了周至沙河水街。

早日就听人说过，周至沙河水街被称作北方的小丽江，只是此时去水街，还是一幅冷寂沉疏的淡墨山水。

行人来往如织，大多挽着爱人的臂、牵着孩子的手慢悠悠溜达着，看见卖冰糖葫芦的，买上一根给孩子，看见手工制作的江米条，也买上一袋，悠悠然、乐滋滋，寻春、赏春。

河岸像绽开的梅瓣，依岸线徐行，拴马桩、水磨、水槽、碾盘、磨扇俯拾皆是，高挂的大红灯笼、红辣椒、玉米棒夺人眼球，但对于我们这些出生于农村的人来说并不觉惊奇，反而更多了亲切之意。栈桥若漂浮于水面上，逶迤蜿蜒，枯黄的芦苇荡直直挺立在水面，颇有景致，几公里的路走起来更是惬意畅快。

此时沙河水面初平，水边的柳枝芽未绿，水面上的鹅倒是欢快得很，思起苏轼的《惠崇春江晚景》："竹外桃花三两枝，春江水暖鸭先知。"我想，这鹅也是一样的，早早就知道了春日已经来临，所以才游得这么酣畅吧！友人笑着让我吟诗，我挠头，思来想去也无非就是"鹅鹅鹅，曲项向天歌，白毛浮绿水，红掌拨清波"了。

喧闹的鸽子群从岸边的小广场的低处升起，在人面前掠来掠去，然后密密麻麻落在栏杆上，稍顷，又灵巧地啄食，伸着嫩黄的脚掌向水边漫步而去。

友说，现在来水街有些早了，花未红，柳未绿，我说，此时来，刚刚好。

（四）安置一个春天

2月，这种来自原野的淡淡的芬芳，你能感受它的气息，就是抓不住它。于是，满腹情怀的诗人，只能对着迎面嫩绿的山坡，欣喜又无奈地捻着胡须吟那"天街小雨润如酥，草色遥看近却无"了。

农人早早动身忙活。父亲来电话，说他捎着锄头把麦地的草已经除完了，又给眠了一冬的白地上了几车土肥，仲春前后，给我们种上棉花，再栽上百十窝红薯苗子，棉花是要给我缝新的棉被，红薯嘛，自然是为了抚慰我硕大的胃口了。

门口有货郎挑来一篮子春花，鲜红的蜡梅、金黄的连翘，还有一些叫不出名字的植物，让人不由得叹一声，咦，春日着实是来了。忽然心血来潮，急急地去了花市，购回一盆含苞的栀子、一盆粉红色的玫瑰，我想在自己的屋子里也安置一个春天，岂不甚好？

好友带来消息，她在山东老家的一座山林承包了四亩田地，雇人栽了樱桃树，盖了间小屋子，说是要抛开凡尘的羁绊，学学那陶渊明，心无旁骛，一心与山水为友，与田园为伴，过清新干净的生活。

春天，的确是个播种希望的季节，我打心眼里为朋友欢喜。

陋室记

听闻陶渊明的归去来馆、白居易的庐山草堂、刘禹锡的陋室等，未有富丽华贵之风，却透着股翰墨之味、书卷之气，幽然之香缠绕反复叫人向往，于是也依葫芦画瓢，晾晒己之"陋室"，供人一晒。

平凹先生讲："脸一日洗几遍，脸还是不干净，眼一生都不洗，眼永远是亮的。"室主显然深谙其理，被褥与其每日费力整叠，夜晚还是要铺开、揉乱，不如就让它随意铺陈，坐亦可，卧亦可。于是，一米五见方的木床，枕巾、衣裤、袜子、报纸、杂志层峦叠嶂、气象万千，其四处留痕的印迹、山水乍现的光影，彰显主人"碌碌""无为"之风及一屋不扫、意欲扫天下之气概。

墙拐角处的水泥大块残缺，犹记上年隔壁渗水，疑心此室水管漏裂，于是敲门而入，直奔该地查看，二话不说，伸手就抠，却发现墙内干爽并无湿泽，拍手掸尘，留下一堆水泥结块扬长而去。家人生气要去论理，室主呵呵一笑，抠就抠了，邻里邻居，何必计较。

室内无花草，只有两盆已经枯萎风干的草枝。一盆是从老家蓝田县城购置的仙人掌，一盆是从航天城顺回的无名花，两位都站立在白洋瓷盆盛的干涸的土坷垃上不言不语，蔑视着室主学艺不精的摧花辣手。花微命贱，死便死了，室主不羞。

卧室窗户朝南。入冬时分，不添置时尚衣物，先网购热水袋。大大的橡胶袋子套上一个小鹿绒套，走哪里都紧紧抱着，把寒凉的胃腹呵护得妥妥帖帖。只是夏季日子无比难熬，墙上所挂空调早成样子货，忆起其来龙去脉不由感慨。听说某单位处理旧物资，如获至宝，二百元买回，安装费又二百，装好却无法使用，说要加氟，于是在报纸一角寻到电话，加氟、送遥控器，要价八百，还价六百，嘿，终于可用！欣喜若狂，凉风送爽，真爽！谁料第二年再次罢工。继续找人加氟，良心价二百，第三年，继续罢工，室主怒，听之任之不再理会。掐指一算，不由叹气，为贪小便宜，花了大价钱，何苦来哉？整个夏天，室主忍受热浪的桑拿熏蒸、恣意肆虐，头发汗淋淋，身上汗涔涔，汗水顺着额头、鼻子"嗒嗒嗒"往下掉，一百天的时间总算是挨过去了。

经验之谈：护肤品的多少往往与年龄成正比。每次临街，见有肤白气质佳之美女推销，必亲试其露，一声声姐姐唤得人笑逐颜开，不由自主地掏了腰包。然而再多的高高低低粗粗细细的瓶瓶罐罐也阻止不了岁月入侵，并以潜滋暗长的皱纹告知它曾来造访。厨房是绝对可以下脚的，因为主人忙于思想人生何来等高深的哲学问题，从而锅冷灶凉、冰箱缺货，桌面、台面、窗台灰尘覆落，显示出了室主性情高洁、不食人间烟火的风范，然，垃圾袋里残留之物隐约飘出一缕若有若无清香勾魄的红烧肉的味道又让人纠结难言。

白底黑花的猫儿本是家中一分子。贱宠年至三岁，腾挪跳跃，上蹿下跳，异常活泼，时而侧卧沙发、闭目假寐、静若处子，时而竖起耳朵、瞪圆双眼、前爪伏地、弓起腰身，忽地扑向主人粗腿抓住裤管不放，像是半岁的孩童般调皮捣蛋、泼皮无赖、缠人撒娇惹人哭笑不得。因其一直被娇生惯养、疏于管教，乃至家中门扇贴皮被撕得如抓破的美人脸，皮革的沙发也飘出点点棉絮，亏得智慧勤劳的主人横一下竖一下地以透明胶带粘补才继续得用。鉴于猫儿太过嚣张，家中成员对其所作所为已是难以相容，实在无奈，遂借故老家粮食进仓需要守卫，将其以纸箱盛装理所应当遣送老家。一路无声，至家放出，到二楼粮仓就猛然跳出钻得不见踪影，直至返城也未曾见面。一月后，电询猫儿近况，答，每日按时送食，但猫儿听见人声就钻到角落扶墙而立全身哆嗦。一活泼可爱之物如今竟忧郁寡欢、性格大变，此情此景又不觉心底酸疼。可怜主人是得亦忧、舍亦忧，然则何时而乐耶？

墙角堆叠起的旧材料、旧杂志、旧报纸一人多高，箱子、框框、盒子处处皆是，家人劝其扔掉，思来想去亦是不舍。四方四正的大餐桌从未曾用餐，王柳欧颜的字帖倒是样样俱全且被翻阅得卷了角，毛毡上墨痕斑斑，一年到头，练过的草纸不到二十张，物以稀为贵，一摞草纸整整齐齐平铺在杂货箱上，不扔，来人以示。

书会行路。先是两个简易书架，接下来床上、妆台、窗台、餐桌、厨房、沙发、暖气、厕所到处是梁实秋、曾国藩、董桥、贾平凹、王鼎钧等人文集，不知者以为室主爱好广泛、情趣高雅，知者知其好藏书、非好读书也。只遗憾陋室过于狭小，无法安置诸多书籍。心中期盼，若有一日坐拥新室，必定要一高高大大的红木书架，古今中外骚人墨客之作闲时品读、尽我所欲，再要一张宽敞、厚实的书桌，装一个像模像样的读书人。

　　十多个年头，室主多次站在两平米的阳台上，观夏雨冬雪，赏春风秋叶，也曾拉上窗帘，点亮一盏孤灯，窝在破旧的沙发上，枕手静听远处机器的轰隆和近处的车辆鸣，趿着拖鞋、宽衣敞袖，横眉瞪眼，舒眉开怀，安享一方清静。

城墙根儿

月出东山，日下西山。一截城墙，结束了一个故事，又开始了一个故事。

十三年前，我在古城西安西门外的一个老旧小区落户。本地人都知道，西门也叫安定门，有安泰康定的寓意，但我的生活却有些窘迫困顿。丰满的理想和骨感的现实让我辗转寄居到了小南门。依然是不知世事风雨的年纪，我的桀骜与张扬让我再次失去了赖以为生的工作。

潦倒、失意的岁月，我常一个人游游荡荡地走到小南门，踯躅在城墙根儿，闲坐于环城公园，眼望着柳枝斜掠的护城河，耳听那枣木梆子里的人生节拍、秦人腔调中的酸甜苦辣。渐渐地一天天过去，那些难熬的日子，竟都化成了护城河的流水，护佑我长成了一颗如城墙般厚实、坚韧的心。

后来这些年，我一直生活在电视塔，离城墙根儿不远，但来城墙根儿的次数却越来越少。这次来时已是冬令，城墙根下的古树还兀自绿着，灰色枝杈若硕长的手臂，在城楼上交错相握，高墙的窟窿里好似竟有小鸟的巢窝。厚拙的青砖虽有些已被蚀损，古城墙依然巍峨，层层叠叠、密密实实地为人们庇佑守护、遮风挡雨。

关于城墙根的来由，我记得有句话叫"汉冢唐塔猪（朱）打圈。"六百年前，朱元璋"高筑墙，广积粮，缓称王"，据守险固要害，在隋唐皇城的基础上修建城墙，辅助军事设施，防护守卫、抵御外侵，但六百年后，这里却是另一番景象。

城墙内，是顺城巷。城墙外，是环城公园。

青砖小径的顺城巷，错落有致地分布着古朴别致的院子、茶园和古风留存的遗迹，将书院门、碑林和湘子庙、东岳庙、卧龙寺、董仲舒墓等古迹一一串联，人们在安静的顺城巷里游览漫步、清饮小酌，感受历史与现实的交错。紧贴顺城巷、南门盘道东北处的书院门俨然更为夺人眼球。根雕、字画、玉石、陶器、文房四宝和很多民间工艺品让文人雅士、骚人墨客慕名而来，鳞次栉比的屋舍、古色古香的物件，长长的顺城巷浸透着十三朝古都的文化墨香。

环城公园曲径通幽、古木参天，有太多叫不出名的树木和花草，在箭楼、角楼、正楼的守望下，在深碧如墨的护城河环绕中，在春夏秋冬风霜雨雪的四季轮回里，环城公园潜滋暗换着美丽的姿彩。

住在附近红缨路的两个老汉每天约好来环城公园下棋，不图谁吃得痛快，直接摆残局较高下。一天，一个老汉等到天黑了都没见另一个来，无奈回家了，第二天又去等，还是没来，急了，四处打听，才知道那个老汉头天晚上就走了。没有了良师益友般的知音，老汉依旧每天来到环城公园，坐在那棵白桦树下的石桌旁，一个人摆残局。在自己这边用红棋走一步炮，说："老头子，我的炮打你的马！"又跑到对面，用黑棋走一步马，喊一声："哈哈！要将！我抽你的车！"

一个四十多岁的下岗女职工在这里剃头，每天都能剃十几个人，来这里剃头的不是小孩就是老人，便宜，5元一位，不要时兴，只保证把每个头剃得光溜溜、圆乎乎。要黄毛、方便面、大波浪，行，去理发店，城里多得是。

一位老太拉着孙儿的手坐在银杏树下，一边拍着一边用陕西话教他歌谣："屎巴牛点灯，点出来个先生。先生算卦，算出来个黑娃。黑娃敲锣，敲出来个她婆。她婆碾米，碾出来个她女。她女刮锅，刮出来个她哥。她哥上柜，上出来个他伯。他伯碾场，碾出来个黄狼。黄狼挖枣刺，挖出来个他嫂子……"媳妇儿急得瞪了老太一眼说："妈，咋把这老掉牙的歌给娃教呢？再说人家现在都让娃说普通话，你包把额娃带糜子地里去咧。"老太把靠在石头上的拐棍顿了顿，"看把你个崽娃子，才吃咧几天城里饭，就轻狂得忘了本咧？额娃就是要唱老儿歌、社（说）陕西话！"

城墙根儿的白天，有人把生活过得像诗，一首美好的诗、清新的诗。

一缕柔软的晨光里，角楼的身姿挺拔屹立，城墙上有人迎着阳光吹风、跑步，有人在城墙下打太极、玩空竹、提笼遛鸟；午后，几位老先生拉二胡、吼秦腔，嘶哑沧桑的唱腔、急缓高下的调门听得人耳热心酸、血气动荡；黄昏，摄影师们拿着长枪短炮选角度拍角楼、护城河，年轻人手扶城墙，在青灰色的砖墙旁照相留影，恋人们手牵着手在曲曲折折的林荫道上漫步。

城墙根儿的夜晚，有人的生活本就是一首诗，一首疼痛的诗、粗粝的诗。

一个城市白天再冠冕堂皇，到了夜晚，一切都显露无遗。冬夜的永宁门外，戴着爬爬帽的小伙子身上挎着吉他，对着面前的麦克风唱汪峰、杨坤、许巍的歌，一唱就是三个多小时，一直唱到喉咙干涩、嗓子沙哑；一位老太太坐在门洞下摆地摊儿，卖袜子、鞋垫儿、发卡、皮筋等小玩意儿，可是半个小时、一个小时过去了，来去的人都只是看看、翻翻，老太太靠着城墙都快睡着了，也没见人掏钱买；一位白衫黑裤、模仿杰克逊的艺人，在震耳欲聋的音乐声中旁若无人地舞蹈着；长长的石凳上，一些无处可去、衣衫褴褛的人在寒夜里蜷缩……

东长乐，西安定，南永宁，北安远。岁月的风刮了几百年，曾经的金戈铁甲、龙血玄黄都销声匿迹，只留下这沉默如斯的青砖蓝瓦。在城市的华彩和喧腾的都市里，古老的城墙根儿以沉默包容和接纳着古城子民的穷困与富贵、欢笑与悲歌，南来北往的人如鸿雁，来了又去，只将大把大把的回忆、成串成串的故事落到了这儿。

第五辑
夭夭桃花凉

桃花一开，就开得肆意放纵、不管不顾。

春暖花开的季节，第一个蹦到心头的，就是桃花了。

然而，桃花开时极艳，落时又极悲，真应了那句话：

美到极处，便成苍凉。

草木闲人

专注于这些花花草草很久了，且沉溺其中。

喜欢于午后，坐在阳台，让太阳把自己晒得发烫，一天大半时间就是呆望着它们，做一个只与草木对话的人。

我觉得，草木和我很亲近，我也自然亲近它们，它们从不背叛、不离弃，不像人。

家里的栀子含苞了几个星期，未有绽开的迹象，月季却已经开了好几朵，渐渐要败了，叶子也萎落下来。我慌了神，每天拿到阳台去晒，上花肥催，勤勤浇水，祈祷这些花草可别辜负了我的殷殷爱护之意。

当然，不光是栀子和月季，还有橡皮树、发财树、碗莲、文竹，我都是一心一意掏心掏肺地侍弄，买来书，认认真真学习养护方法。

家人都说，我这急躁的性子是磨下来了，容颜间竟然多了几分清丽之感。

这样的赞美，我乐得全部笑纳。我自然知道，花儿养心、草木怡情，心情自然爽朗起来。何况，我与花草、花草与我，同处一室、朝夕相处，早已不分你我了。

"草木有本心，何求美人折"，我打小便不喜欢与人热闹，它们自开自落、不惊不扰、不事招摇的性子，也像我。

我觉着，一个人时，人是静的，心是狂的。像是游荡在山林的一只麋鹿，去溪涧饮水，在丛林衔花，在草窝里睡觉。

喜爱草木其实时日已久，从那个爱做梦的年纪就开始了。

那时有大把大把的时间去喜欢什么，或不去喜欢什么。突然就迷上画画，带着铅笔和画本来到山沟，就画沟畔的小树林，一画就是大半天。四季的白杨树，沟畔的野草花，从色彩斑斓到清淡素净，都是一样地入了眼，走了心。

如今，偶尔翻起旧时画的那些葱葱树木、花花草草，依然觉得清秀美好，也真真羡慕起那个时候的我来。

老家院里栽了九棵老梧桐树，叶翠枝青，粗壮的枝叶俨然要遮住了三间瓦房的一半屋顶。每年初夏，淡紫色的梧桐花一串串大朵大朵开着，缀满枝头，"树阴似盖遮炎暑，花穗如烟胜紫鹃"，开得真是一往无前呢。

但还不到一个月，这些花儿就"繁花零落两不知"了，"啪嗒啪嗒"地落下来，叫人有些伤情。那时我还不懂事，常常捡拾几个，把它捻在手里把玩，看着它黄碧色的花蒂，长长的喇叭筒，总觉得像是一位娇滴滴的娘子戴了顶不合时宜的"盔帽"，可爱又调皮。

月亮出来了，我就坐在梧桐树下学吹口琴，一天天练习着，后来竟然学到会唱歌就能吹出音调来，而吹得最好的便是那首《橄榄树》。

那时逃课是家常便饭，总能用自己过人的智慧逃脱母亲和老师的监控，和玩伴在河沟里玩耍，一待就一个下午，就是晒太阳，抓鱼儿，编草枝，采野花。

喜欢在树林子里装模作样地读书。却靠在树下，用落叶把自己盖起来，凝视秋叶细细的叶柄和脉络，轻嗅着它略带腥气的味儿。对着书吟诵那首："最是那一低头的温柔，恰似水莲花不胜凉风的娇羞，道一声珍重，道一声珍重，那一声珍重里有蜜甜的忧愁——沙扬娜拉！"

关于很多事情，如今记下的竟然不多了。年纪一到，再枝繁叶茂的记忆，也都变得干枯了。我知道有一天，我会忘掉那白月光、瓦上霜，却还是在混沌里忆起草木闲暇的时光。

草木告诉我，这一生都是一个丢弃的过程，有多少美好的东西遗失到了路上，再也没有机会捡回。

《未闻花名》里说，已知花意，未见其花。已见其花，未闻花名。再见其花，泪落千溟。

现在思想起那时一副东飘西荡没心没肺的样子，竟然无比羡慕，因为那时，我很年轻，还可以流浪。

儿时的事，个个都好。如今只能于人念叨时慨叹："而今，却是怎样也回不去了呢。"只能在阳台上，对着小白小粉小黄小红小绿小紫说说体己话。

不仅我，爱花成痴者大有人在。

北宋林逋，孤高恬淡，终身不仕不娶，以梅为妻。东晋陶潜"少无适俗韵，性本爱丘山"，钟情芳菊，弃官回乡，"采菊东篱下，悠然见南山。"白居易自称紫薇郎，写下了"独恋黄昏谁是伴？紫薇花对紫薇郎"的诗句。清时有个郑燮，爱竹成癖，竹是密不可分的伴侣，亲密的"情人"，睡觉时也要以竹陪伴，他有副对联："咬定几句有用书，可忘饮食。养成数竿新生竹，直似儿孙。"他竹诗的灵感来自竹，留下百首咏竹诗。

与这些植物，我也是做了长久相处的打算的，它们于我而言，有冷暖，有清欢，是不同形态的人，与我以灵魂相对。

而今，渐渐迷上了饮茶。看茶沸水煎滴、浮沉辗转、苦涩绕口、沁脾回甘，反反复复、千转百回的，便是再也放不下的味道了。

陆羽讲："茶者，南方嘉木也。"我只知，饮茶时，内心自然生出淡泊之气，深情之间意态宁静，后来才注意到，茶字拆开，竟是"人在草木间"。

因草木有气脉，茶才有了灵魂。于是，你饮茶时，便饮出了凉热、饮出了浓淡、饮出了悲欢。

手里的茶不说话，只把滋味儿交给你，把心交给你，一切靠你自己去体味。

有了草木，万物清新，思绪明净，内心稳妥清澈。享受如今不求上进、散淡闲适的日子。摘花泡茶，听风吟唱，在草木生长的声音里执一支瘦笔，写尘世的清喜。泼洒一池素墨，在云烟深处落笔，意境里蕴含着一缕淡淡墨香。

三月望，王莽桃花开得正盛。一位肩宽体胖的大婶儿，折了一朵桃花，竟然别到自己耳边，绿衣衫、圆盘脸、粉桃花，不着调的搭配让人哑然。路过的人好奇地回头望几眼。大婶却旁若无人，继续大声与人笑语。

典型的西北人性子，和这不管不顾的灼灼桃花，是绝配。

草木生长，遵循时光的轨迹。我计划选个好天气的日子去爬山，去看树。春天的树是调皮可爱的，夏天的树是葱茏茂盛的，秋天的树是静默萧索的，冬天的树是隐忍和坚强的，我爱上了它们的每一季。

门内养木，是谓闲，人在草木，心有余闲，才是人间自由人。

在红尘深处爱你

（一）初见

樱花开了，开得肆无忌惮。

纯白、淡粉、艳红，如蝶舞枝头，伸手攫住一瓣，柔柔嫩嫩地躺在掌心上，似温软的心。

新芽初放，绿萼红发，燕在梁间呢喃。清晨笼着风的软。我曾以为那些都不是樱花，而是一场隆重的相逢。

你戴着百花编织的花环，披着霞光织就的衣衫，水墨的胭脂，蔻丹的葱指，细修的眉弯，洁白的衣袂在小径苍苔飘然。

我听过清风的吟唱，走过世俗的尘烟，见过长满苔藓的青石，都不及你万分之一的美，都牵不动我一丝眷恋。

我常常不是走向最冷的寒冬，就是走向最热的赤道，我在极度的繁忙和虚妄中走过长长短短的一生。

我相信必然，巨浪与泡沫，流星与弧线，你和我。

我相信命运，对于很多事，我都无能为力，季节变换，沧海桑田，我遇见你。

红尘里，只有你我，再无他人。

（二）思念

总有一抹淡淡的忧伤，似少年头上的一丝白发，或是梦中消失的蒹葭。你盈盈而立，我攥紧双手，却握不住一丝风华。

幽幽的心总结着一个梗，纠扯着，戳得人生疼，万千人海里，我对于你，莫非只是稍纵即逝的风景？

不。

只想成为你最后的站台，成为你最终的宿命。你可以左顾右盼，但你最好还是认命吧！

你想成为一棵树，我是你向上的土壤；你若想展翅飞翔，我是你挥动的翅膀；你想成为一条自由的鱼，我就是任你遨游的海洋。

然而，若是你要走，走不出无我路，若你要飞，也飞不出我的高度。我踏碎荒芜，给你一片天空，一个舞台，一树花开。

若不是我，你别无选择。

若你来，未来的日子可以期待，落日烟霞里牧马，雾色丛林里猎熊，立长亭观山色览胜景，或许，驻足黄河之岸，闲观芦荻渔火、潮落舟横。

那时，定然有一场风起，吹起我们飘扬的衣衫，或是一场细雨，打湿缱绻的情。

依着光阴，总有明媚的浅笑铺满光阴，那是一场山与水的期盼。

（三）等待

我知道，山涧的清流不会铭记鸟鸣，莽莽树林也留不住横穿的风，人生有很多东西可以浪掷，但我愿意，愿意一等再等。

江南细雨绵绵，塞外草木深深。我曾踏过一千座桥，走过无数条路，才赶上花开时节，多谢你及时赶来，我才未成一截枯木。

和你有关的一切，皆不可错过，哪怕须臾。

是过于执着了吗？一颗心像是淋了雨，总是沉甸甸、湿漉漉的。是过于无谓了吗？一切与你无关的日子都像是虚度，轻若鸿羽。

你是寂寞红尘中的一片孤单的帆影，我便化身沧海桑田静待的渡口，你是隐隐漫天风雪，我便是古屋的一枝枯梅。

好想，成为你走过的那串脚印，你投射在地面的影，你抬手的风，或是，你的呼吸。或许从不注意，我却必然存在。

待光阴从暮色中轻轻滑落，待衰草覆盖了脚步的痕迹，待沧浪的水寂静安宁，我就在你的香气里沉沉睡去，做着野凫之梦。

睁开眼，收紧的心，却悲如潮涌。

在薄如蝉翼的日子里，我就如尘世中的人们一样，等待被幸福的闪电击中。

（四）日常

其实，我只是一块泥土，风行于上，只是一枚司南，星移斗转，方向不变。唐朝的诗宋朝的词，于我都是笑谈，我只是云中的一沙鸥，翱翔于天地间。

我常醉饮于山水，醒时眉结成川，常沉沉于梦境，睁开眼，当下一如从前。

我一无所是，不是你的心跳、你的眼，也不是你的快乐、泪水，以及轻轻的挥手和长长的思念。

我却是所有，是你归来的堤岸，你停靠的港湾，你出膛的子弹，你周围的氧气，你翻开的书页里一枚小小的签。

没有什么可以失去，江山或王冠，没有什么可以拥有，盛世与欢颜，我只是卸掉重重的盔甲，执子之手，采菊篱下，做饭耕田。

秋风瑟瑟的彼岸，海浪一遍遍扑打，将心打得歪歪斜斜。我们是微小的草木，互相取暖，不盼天荒地老，只在星星点点的琐碎里，把一程程的路走完。

当然，若是我们的小船在风浪里打转，我就挺立如山。眼中的笑意，是沧桑后的平和、淡然。

这个世界，我们眼看着新生的、腐烂的、鲜艳的、破败的一一而过，而我们还站在一起，心就不孤单。

俗世有静好

痴心不散

爱一个人，心心念念的，是他的名字、他的样子，会常常忘了自己，那心啊，就像一根琴弦，不停地为他颤啊颤。

在爱里，最不计代价的，就是那份飞蛾扑火般的痴心。不问结果，不管以后，只是要随他去，随他去。他走再远的路，都走不出你的心，他蹚多深的河，都裹着你的泪。

明知不能善终，还强求一个善果，以为付出了，就等于得到了，常常被自己感动着，不是在悠长的希望里陶醉，便是在深深的绝望中沉沦。

世上有两情相悦，也有一厢情愿。

你想要的，别人不肯给，别人不肯给，你还越是想要，于是一点点把自己陷了进去，越陷越深。

爱你的人，在为爱找理由，不爱的人，总在为不爱找借口。你与他，不是隔着一朵花开的距离，便是隔着一世的苍茫。

不是看不透，而是放不下。因为痴心，所以妄想。

有一种等待，若燃烧之烛，煎心又熬泪。没有"有约不来夜过半，闲敲棋子落灯花"的闲情，而是"过尽千帆皆不是，斜晖脉脉水悠悠，肠断白蘋洲"的憔悴，却依旧"晓看天色暮看云，行也思君，坐也思君。"

衣带渐宽，终无悔意。

看了无数的至理，懂了所有的真理，却爱得毫无道理。为了心里的那个人，跌落风尘也在所不惜。

曾听说，三十岁以下的爱情是肾上腺素分泌太多的结果，不靠谱。三十岁以上，精神意识上才趋于成熟。

这话似乎有点道理，但也有点无理，谁又不是从少年到老成？只是，明媚不能入他眼，痴心抵不住流年，如此而已，如此而已。

尘世繁华，心底里生出枝枝叶叶、藤藤蔓蔓，全是他，将所有的前路、后路、退路都一一覆盖了。

流年悲欢

风雨飘摇的世间，没有谁和谁，每一步都走得坚如磐石。

见惯了，多少山盟海誓到最后输给了鸡毛蒜皮。爱情，不是败于难成眷属的无奈，就是败于终成眷属的倦怠。

锅碗瓢盆是爱情的磨刀石，如流的时光是最可怕的第三者，挡不了，防不住，赶不走。

以争吵、琐碎、柴米为常态的生活，是从生涩到成熟的线段，如鱼饮水，如鸟啄虫，自然得如天晴天雨、日出日落。

村上春树说："女人并不是有事想发火才发火，而是有时想发火才发火。"可很多男人不懂这一点，即使懂了，也没有十二分的耐心，因为，日子长了，耐心总有些不够用。

必须承认，人都是残缺的，却渴望在对方身上得到救赎，然而对方亦非仙神附体，且常常自顾不暇。这让感情从一开始就化身为一个迷宫，尚未举步，便误入歧途。

人无所求，便无所痛。消除痛苦的唯一方法，就是要让自己有一点精神上的柔韧度，东拉西扯，也不轻易坍塌摧垮。

最好的爱，是各自独立然后走到了一起。

凡事都要争个高低的人，适合辩论赛，不适合恋爱。一次次细微毫末的不快的积累，渐渐郁结成化不开的石头，到最后，一个彻夜不归，一个长睡不醒。

点点误解，终成无解。

不要总说如果。去不了的地方，不都是香气，也许是重重瘴气呢。万事不会重来一遍，适合自己的，注定不是最坏的。

你希望他既能懂你如知己，又能疼你如父兄，既博学又浪漫，既稳重又优雅，然而、然而……能具备其中一点已是不易。现实的残酷在于，夹起来以为是块肉，咬下去才知道原来是块姜，想要的和所得到的，总有一点点距离，此之谓落差。

有人将落差化解、平复、弥合，有人将落差积在心里，天长日久，生出了一根根骨刺，愈长喻大，愈久愈痛。

所有悲欢，只是时间河流里跌宕挪转的一朵浪花，凡事自有命数。

一切，慢慢来

无数次坚冰融水、干戈化玉帛，都是将悲伤藏匿，还世界一个微笑的唇角。

幸福。水下三千尺，静默无言。

生而为人，要做的第一件事，不是懂得世界，而是弄懂自己，所求为何。

曾想，若把生到死之间的距离当成一次阅历，那么高山低谷都走一走，天空海深都闯一闯，美丑媸妍都见一见，是否才更有滋味。

人生大戏，若斤斤计较，便容易伤筋动骨，适当抽离，站在一个聆听的位置，做一棵草、一条虫、一尾鱼，顺其本性，岁月也便美了起来。爱人之间，一个深情的眉眼，就照应了整个世界，如果全世界是一首诗，他就是那最深情的一行。你为他，千山万水、暮雪白头，他懂你，便值了。

终于懂得，世间快事，并非青牛白马、玉辇金鞭，你想要的，莫过于一人心意深沉地守护，蹉跎大把时光，莫过于每日下班，左手一筐菜，右手一条鱼，欢喜回家。花下厮磨，一盏淡茶，柴米日月，足矣。

有些个小确幸，看似简单，实则繁难。就像走路，看着很近，走起来却很远，没有安静的坚持，怎样也走不到头。

俗世有静好。走过山高水长，才发现，这个世界需要耐心相待，比如三月淅沥的雨，突然开花的深夜；比如夜色阑珊的街头，有一人点灯守候，所有美好的事情，都急不来。

不怨，不忿，不恨，不急。正因世事艰辛，所以我要等你，正因岁月漫长，所以你要等我。我不是你寒夜温热的火光，却是你暗夜里的一只萤火，不是叫醒你的清晨，却是慰藉你的黄昏，漂泊流离的岁月里，你只需知道，有一个人，那样地等着你，从淅沥到滂沱，从熹微到月起。

是花，自然会开，总有人知你冷暖，念你悲欢。你无须去争，也无须去抢，只要安静地耕耘，耐心地等待，蓬山万重，总有一处梦境，等待你抵达。

亲爱的，一切，慢慢来。

银杏叶飞

近日，去看了终南山下的古观音禅寺的银杏树，霎时，心若玉杵捣花般清香四溢又乱了方寸。

银杏，有着一种卓尔不群、淡定超然的气度和一股兵临城下的气派，它冠如华盖，遮天蔽日，枝屈曲下垂，密密匝匝，扛着一身的金黄，地上黄叶如锦毯铺盖，硕大的银杏树在风中无言伫立，威风凛凛又深情依依，给古观音禅寺平添了几许神秘和威严，那种惊艳的美，美得叫人心惊。

听导游讲，这棵银杏树已有一千四百多个年头，是当初李世民亲手栽种，树干粗得五六个小伙子手牵手合起来才能围严实。而今，她已经被栅栏围起来，成为古寺院一个标志性景观，全国各地的游客都慕名而来，在这里留念合影。

正说着，一阵风来，满树的黄蝴蝶就铺天盖地般飞落下来，落到了青砖铺就的地板上，随风飘落到栅栏外游人的怀里。

一片片柔嫩光滑的扇形树叶，散发着淡淡的清香，叶子在边缘处分开，又在叶柄合并，不知是一分为二，还是合二为一，或是你中有我、我中有你，根本就无法分得清。故而，银杏树自古以来就被文人雅士当作忠贞爱情的标志，词人李清照曾写下《瑞鹧鸪·双银杏》，将银杏喻为与赵明诚患难与共、不离不分的感情，"风韵雍容未甚都，尊前甘桔可为奴。谁怜流落江湖上，玉骨冰肌未肯枯。谁叫并蒂连枝摘，醉后明皇倚太真。居士擘开真有意，要吟风味两家新。"

郭沫若在《银杏》中讲，银杏树有着"端直的株干""蓬勃的枝条""折扇形青翠的叶片"，具有真、善、美的情怀，并把银杏称为中国的"国树"，对银杏树的喜爱之情溢于字句行间。

而我也是真的喜欢上它了。那玲珑有致的黄叶、骨骼清奇的身段、不言不语的低调，那一树黄灿灿的花朵，不卑不亢，不逢迎、不招惹，岁岁守约而至，就那么了然地入了心。

又想起了高中时校园里的那棵大银杏树，同学们去操场路过它，去食堂路过它，在树下读书、做游戏，它高高在上，为同学们遮风挡雨，平常得让人忘了它的存在。每到秋季，小伙伴们就到树下捡银杏叶，在扇叶上写下席慕蓉的诗行，"在长长的一生里为什么，欢乐总是乍现就凋落，走得最急的都是最美的时光……"，然后夹在书页里，送给心里默默喜欢的那个人。

或许，一棵朴素的银杏树，承载着许许多多人心底深藏着的美好情结，世间很多美好的风光，原本就一直埋在人心里，待你去打开，释放。

人潮流水般络绎不绝，银杏树悄然屹立，依然满身金黄、满地金黄，把那一片墙角、那一块土地、那一方天空都染黄了。它用枝干托举着每个迎风而立的"黄色小鸟"，风来时，它们"沙沙"地歌唱，清脆而欢快。

听老人讲，银杏树不仅美，它的银杏果和银杏叶也都是名贵的药材，可以治疗许多疾病，而且是最古老的树种之一，被人们称为"活化石"，其药用价值和历史追溯也值得人们探究。

想一想，古城的银杏树并不少见，平日走在街道、公园，漫步于山林、野地，银杏树都在左右，以金黄色的美丽装点着土地，将蝴蝶般的叶轻送到怀里，却为何不曾留意到它们？

或许是它太平常、太朴素的缘故吧，平常得像平日里匆匆而行的人们，安静地忙碌于生存，朴素得像打理街道的清洁工人，默默地装扮着城市，不注目、不张扬。

我想，或许正是这样的朴素，才成就了人间的大美。

夭夭桃花

看阿牛蹦蹦跳跳地唱《桃花朵朵开》，感觉贱贱的，想起一个词，叫人"贱"人爱。

桃花就是这样的花，粉粉的、低低的、贱贱的。命犯桃花的人，注定风流成性，即便如此，桃花还是惹人爱，痛彻心扉也要爱。

若是男子长了一双细长、水汪的"桃花眼"就先将人三魂勾走七魄，桃花眼，睫毛密长，眼尾上翘，眼形若含笑桃花，眼神似醉非醉，眼波似水，雾气昭昭，韩国很多男明星就是桃花眼，那双神色迷离、媚态毕现、迷离如梦的眼，怎能不勾人魂摄人魄呢。

美人也以桃花相喻。春秋时期的第一美女叫息妫，息侯之妻，息夫人容颜绝代，目如秋水，脸似桃花，又称为"桃花夫人"。息夫人生得倾国倾城，却也是位烈女，息国战败，被楚文王掠夺，她三年不言不语，直至与自己的丈夫息侯重聚，撞墙而亡，息侯大恸，万念俱灰，为报答息夫人的深情，也撞死在城下。楚文王感动，将息侯与息夫人合葬在汉阳城外的桃花山上。后人在山麓建祠，四时奉祀，称为"桃花夫人庙"，又称桃花庙。桃花夫人，又为桃花添了几分悲壮之情。

　　小时看《桃花扇》，侯方域将桃花扇作为定情信物赠予李香君，并在扇面上题诗："夹道朱楼一径斜，王孙争御富平车。青溪尽种辛夷树，不数东风桃李花。"李香君虽为名妓，却也是一名至情至性的女子，不为奸人低首，血染桃花扇，被描为"桃花吐"，成为最艳的爱情花。

　　桃花昭示着爱情，一出口就是那首："去年今日此门中，人面桃花相映红，人面不知何处去，桃花依旧笑春风。"去年今日，花木扶疏、桃花掩映，而今此时，桃花依旧，人面杳然，崔护与绛娘却生生错过了，崔护抱憾离去，绛娘寸断肝肠，崔护闻讯来探，绛娘因情而死又因情而生，成就了一段时空交错的"桃花缘"。

　　看《三生三世十里桃花》，白浅上神躺在桃树上饮着桃花酒，见翩翩美少年夜华现于桃林，故意失足从树上掉落，夜华甩袖、玄衣拂动，在空中接住了微醉的白浅，桃花瓣瓣跌落衣袍，令人想起元稹的《桃花》：桃花浅深处，似匀深浅妆。春风助肠断，吹落白衣裳。那一画面美得入心，那一刻白浅不是上神，而是那迷惑人的桃妖，美得令人炫目心跳。而触发白浅有掠美心思的，就是她手中的酒——"桃花醉"。

　　"桃花醉"，这名字取得真好，如美人桃红粉面，斜依栏杆，醉态嫣然。

　　不知那折颜是如何做出那等美酒的，只是普通农家人做一壶桃花酒要费半天工夫。要将桃花泡洗半日，沥干，用新生的白布一朵一朵擦拭干净，添入清酒、醪糟、白糖，但桃花本身却是极苦的，比那黄连还要苦上三分，因此须冰糖铺底，撒一层桃花，再铺一层冰糖，用清酒、醪糟漫洇，十日后，便寻小盅啜饮，甘洌香甜，惹人迷醉。

听过歌手 Hita、董贞翻唱的歌曲《桃花醉》：桃花开，画江南春色满；桃花红，映篱外故人颜；桃花舞，晕纸伞白衣沾；桃花落，逐流水袖染尘缘；桃花酿，醉踏歌剑挽流年；桃花醉，共枕逍遥江湖远。杨柳岸，小桥伴，轻舟泛，桃花源，竹篙撑，乌篷摇，艄公唱，龙船调，素手牵，青丝绾，越女和，浣纱谣……吴侬软语，小家碧玉，一阕唐诗宋词小曲儿，只一次，却一下子就无法自拔地沉醉了。

桃花本带着一股邪气，喜爱桃花、与桃花相伴的人也不免有些离经叛道、狂傲不羁。桃花岛上的黄老邪，性情孤僻，行动怪异，身形飘忽，有如鬼魅。黄老邪的女儿黄蓉也是冰雪聪明、古灵精怪、邪性得厉害，不管是老实巴交的郭靖，还是坏到极点的欧阳克都被她耍得团团转。桃花庵主唐寅就自不必说了，一生放浪形骸，波折命运多舛，写下的《桃花庵歌》"桃花坞里桃花庵，桃花庵下桃花仙。桃花仙人种桃树，又摘桃花换酒钱。酒醒只在花前坐，酒醉还来花下眠。半醒半醉日复日，花落花开年复年……"如民谣一般朗朗上口，却又艳丽清雅，风格秀逸清俊，音律回风舞雪，意蕴醇厚深远，深入骨髓。

道是梨花不是。道是杏花不是。白白与红红，别是东风情味。曾记，曾记，人在武陵微醉。要说桃花词，还是喜欢严蕊的《如梦令》。写桃花，红白交错，既有梨花之白，又有杏花之红，二色并妍，繁花满枝的华美景致。起句便先声夺人，飘然而至，整篇无桃花二字，却处处有桃花，从空际着笔、不即不离、空灵荡漾，令人玩味。

而杜甫的桃花诗："桃花一簇开无主,可爱深红爱浅红?"也甚是高妙,这桃花一簇簇开着,没有主人,你是喜欢深红色还是浅红色? 读之不禁令人面露喜色。

桃之夭夭,灼灼其华。所有花中,桃花柔若无骨、妖艳惑众、最具媚态,唐明皇和杨贵妃禁苑中种桃花千株,每至桃花盛开,唐明皇都要折枝桃花插于贵妃发间,说"此花最能助娇态"。

桃花一开,就开得肆意放纵、不管不顾,春暖花开的季节,第一个蹦到心头的,就是桃花了。桃花独占春风,桃花就是春天,春天就是桃花,梨花都斗不过她,杏花斗不过她,满眼满眼的桃花红。一脸的粉红晕染,开得你满眼满心都是她,躲也躲不掉,逃也逃不了,只能顺了她、依了她,就像那为爱情低贱到骨子里的女子。春水初生,春风袭人,十里桃花,女子却眼无桃花,痴傻地呆望来路,只等那嗒嗒蹄声、一人一马,一直到桃花打衣、夜冷露凉。

每年三月,秦岭环山路的桃林成海、绵延不绝,一树树、一片片、一串串粉雕玉琢的胭脂色,来往之人熙熙攘攘、面若桃李、笑语盈盈,恍觉已进入陶渊明笔下的《桃花源记》,"忽逢桃花林,夹岸数百步,中无杂树,芳草鲜美,落英缤纷……"。

一阵风吹,扑簌簌一阵桃花雨滚落,内心陡然一惊,桃花开时极艳,落时又极悲,真应了那句话:美到极处,便成苍凉。

东栏梨花白

　　家不远的坡地上，有几株梨树，构成不大不小的一片梨园。

　　年年柳树飘荡起黄金丝，梨园里的淡淡清香就溢了出来。一夜春风，虬枝盘曲的梨树枝冒出了一团团、一簇簇的梨花，一片片碧绿的嫩叶托着雪白的花朵，鹅黄的蕊花线般丝丝点缀，朵朵梨花，有的迎风而立，有的半开半合，有的颔首羞涩，在晴朗的空气里兀然招展，别有一番清丽静美之气。

　　开在这山林里的梨花，不像那桃花的鲜艳，也不若牡丹的富贵，更不似杏花那般暧昧，清高孤傲而内心寂寞，梨花带雨，愁愁艾艾，缺少喜庆、吉祥的热闹，却有着白雪的清冷和白云的飘逸。千娇百媚、姹紫嫣红的春日里，她孤清冷傲、清白决绝地开着，像《红楼梦》中的妙玉，开在艳艳的春天，却带着一股凛冽的寒意。

　　也难怪，梨花通"离花"，有离散之意，自是不招人喜。但这样的梨花却入了诗人骚客的眼。纳兰有词，"春情只到梨花薄，片片催零落，"这梨花啊，实在薄情得叫人伤心，刚刚开放，还来不及喜欢，她就已经片片飞散，清丽哀怨的词章，正如那场感伤的梨花雨。

　　一句"寂寞空庭春欲晚，梨花满地不开门"，那覆满地面、残落衰败的花瓣，恰如迟暮之美人在残树掩映、昏黄的光影里无望地苦等，让人几欲落泪、痛断肝肠。

"梨花淡白柳深青，柳絮飞时花满城。惆怅东栏一株雪，人生看得几清明。"苏轼的《东栏梨花》里，淡白的梨花，深青的柳丝，浓郁的春色里挟裹着一抹惆怅，那心境，恰如东栏那一株白如雪的梨花，居俗世而自清，将这纷杂的世俗人生，看得通透清明。

有时觉得，梨花一身纯白，玉容寂寞，冰肌雪肤，不染风尘，本就不属于这世间，却又错生在这污秽遍野之地，只能以无言坚守那一份高洁的情操了。

梨花的白，白得素净，白得寂美，白得清凉。"梨花如静女，寂寞出春暮"，一个简静的人儿，守着一窗月光，一份清冷，一份固执，一份幽怨，却我行我素，淡然出尘。终是有一日，月照梨花，梨花映月，恰如初见。

"雨打梨花深闭门，忘了青春，误了青春！赏心乐事共谁论？花下销魂，月下销魂。"时间在空间中流逝，雨打梨花，春来春去，一朵梨花，成了一片云，一阵雪，一缕白发，一袭白衣，和一场不相干扰的岁月。

耳边响起了《西厢记》里幽幻婉转的唱词，"雨打梨花深闭门，燕泥已尽落花尘"，关门闭院，设宴待客，只为感谢恩人，与"心中客"张生成就良缘。一树的梨花，又寄托了多少痴男怨女的情愫。

山间庭院，梨花遍处。露是花的泪，花是树的泪，愁肠百转的人哪，散落了一季微雨，修剪着一段残梦，和着梦中的欢颜，滚落一颗灼热的泪滴。

　　如今，满树梨花，斜斜地一枝枝开在风里，守着远处的村落、房屋，近处的小路、路过的行人，氤氲弥漫着淡淡的香气，游丝般若有若无。

　　那扛着锄头，满脸粗糙和汗水的阿伯路过，会寻一棵梨树，倚坐在树旁，脱下鞋子，在树根上磕磕布鞋里的泥土，不经意有梨花纷纷飘落而下，落在他灰白的头发和破旧衣袖上，扛着一肩的花瓣和香气，阿伯不忍拂掉，拈上一瓣放到鼻子边嗅一嗅，就像是得了一剂解乏的良药般，眼睛里透出了精神和笑意。

　　梨花，锄头，老伯，一幅别样的风景，给清冷的梨园增添了些许温暖。

　　人说梨花似雪，雪却自输梨花一段香。一场风雨过后，花瓣纷纷扬扬落下，被打得七零八落，仍花明色净可映雪，直到柳色褪去，枫红菊黄，依旧不改清洁，轻盈地落入尘土，留下的是一缕缠绵纠葛的香魂。

　　喜欢在黄昏时分，在闪着露水的月光下，去捡拾一地的梨花，洗净后泡水饮下，感受它由口而入的丝丝沁凉和舒爽，若是晒干、磨粉、制成面霜敷在脸上，轻拈一块梨花糕放到嘴里，那种清香与淡雅与你肌肤相亲，都是一件顶顶浪漫的事情。

　　东栏梨花白，淡香绕枝柯，开也美好，落也美好。

采蘩

　　冬日的原上烟雾蒙蒙，山坡上已没有牛羊，只有几条野狗在坡上窜来窜去，半人高的衰草和干枯的蒿草在风里摇摆着，像一幅萧瑟的油画。那是我喜欢的白蒿。

　　当然，作为食材和药用，白蒿命中注定不是妖媚之物，可它长久地侵占着我内心深处的情感。

　　在蓝田老家，白蒿随处可见。荒原、山坡、田地、碥畔都有它的印记，它是一种很固执的植物，只要是沙质土壤，它都能早早返青，见风就长，从二月一直长到十一月，成为关中地区一道别样的风景。

　　白蒿入药，是妇孺皆知的事情。

　　坊间流传，华佗济世行医，在诊治一位"黄涝病"患者时，不知使用何种药材，束手无策，数月后，却见此患者红光满面、精神抖擞，急问原因，患者回，按一位修行得道的老人指点，吃了一种绿茵茵的草。华佗急寻之，原来那神奇的野草就是白蒿。

　　此时的白蒿，枝芽幼嫩，叶子新绿，被称为"茵陈"。因为白蒿在土壤合适的情况下，主根可伸入 100 厘米的土层中，根系发达，陈根经冬不死，春萌生嫩芽，因为颜色碧绿，绿茵茵，故称为"茵陈"。

茵，铺垫之意，陈，发陈致新，幼苗从老根发，铺垫于地，故名茵陈。

家乡人常说，"三月的茵陈三月的蒿，五月砍了当柴烧"，是说采蒿入药的时效性，过了三月，就不能入药了。这是当然的。三月，阳气上升，万物复苏，百草发芽，此时才具有药力，祛湿，降脂，退黄，保肝，药效极佳。

我家里的橱柜就存有一小袋子茵陈，那是母亲专门为我采的。

去年初春，我咽喉肿痛，咳嗽得厉害，久久不愈。母亲听说后，就背着笼去坡上采，日头照在头顶，坡上又潮又热，湿气很重，母亲用镢头挖一个，再在镢头上掸掉土坷垃和浮灰，放进笼里，流着汗采了两个小时，采了一大笼，然后回家掐掉根须、择掉黄叶、淘洗干净，晒了几个日头，等干透了，还不到一斤，装进塑料袋，让我带到城里的家。

现在，那一团团茵陈就安静地躺在塑料袋里，淡绿色的叶子绵软地蜷缩着，带着白色的细密的绒毛。每天清晨，我都会捏一小撮放进水杯，用开水浸泡着喝，大半年以来，喝茵陈水已经成了我的习惯，我非常喜欢和迷恋水里那种淡淡的香味、苦味、甜味缠绵反复回环的感觉，让我从喉咙到胃腹都变得清爽、舒适，常常让我忘记了它原来是一味药。

白蒿曾有一个很复杂的名字，叫"蘩"。《国风·召南·采蘩》中载："于以采蘩？于沼于沚。于以用之？公侯之事。于以采蘩？于涧之中。于以用之？公侯之宫。"意思是说："到哪里去采白蒿？在沼泽旁和沙洲。白蒿采来做什么？公侯拿去祭祖先。到哪里去采白蒿？在那深深山涧中。白蒿采来做什么？公侯宗庙祭祀用。"一问一答里，透露着被奴役人的悲苦和愁绪，但也说明古时人已知白蒿的好处，并且用于祭祖、公侯宗庙祭祀。

　　白蒿是宝，有病医病，无病强身。二月一过，白蒿虽然不能入药了，却不可置疑地成了一道美味佳肴。

　　春日迟迟，卉木萋萋。仓庚喈喈，采蘩祁祁。每年三四月份，白蒿风华正茂，乡里的姑娘、婆姨们就拿着铲子、提上笼，在山坡、荒地、碥畔采白蒿。此时，正是农家地里青黄不接的时候，蒿菜的出现及时填补了餐桌上的空白。

　　作为食物，白蒿的做法多种多样。热水焯了做凉拌菜、麦饭，和面烙饼，或是蒸成菜疙瘩，蘸蒜泥吃。人们春暖花开之际，吃着散发清香的白蒿，捣好蒜泥儿，弄点辣子面儿，用滚油"呲啦"一泼，乡亲们就飘飘欲仙了。

　　坡原上的风刮得一阵紧、一阵松，蒿秆在风里摇晃着，肃穆、庄严，有一种疏朗辽远的意境和一种惊心动魄的美。我伸手轻轻一捻，蒿籽就唰唰地掉了下来，捏一小撮轻嗅，经过严霜的蒿籽儿，已经没有了那种淡淡的苦味儿。它们只是随风散落，待来年春风一起，随处安家了。

落叶

　　初秋，雨雾蒙蒙的天气清爽宜人，从红河谷红丹崖到神仙岭，几十里的路，就这么徐徐地走了去。

　　廊腰缦回的木制栈道，偶有片片飘零的落叶。它们静悄悄地躺着，有的被行人踩过，残留着清晰的鞋印，有的被风一吹，翻滚着跌落山崖。

　　在雨雾微润的空气里穿林涉水，实在令人心旷神怡。我一边哼着小曲儿，拾级而上，一边欣赏美景，捡着落叶，不一会儿，就捡了一袋子。

　　这些刚刚落下的叶子，还透着枝上的湿润柔软，它们金黄得像麦浪、像满天的阳光，鲜红得像血液、像盛开的玫瑰，还有七彩的树叶，就那么执意从绿到红到黄地渐变了过去，像是将大自然赐予的彩虹锦缎文到了自己身上……

　　多么美丽的落叶！

　　走累了，就势坐在石头上翻看这些"战利品"。它们有些长叶细颈，像小小的芭蕉扇，有的黄黄圆圆，像一只熟透了的大黄杏，有的一半黄、一半绿，像《西游记》里的小妖怪，还有的形状硕大、叶肉肥厚，像个力大无比的悍妇，而那些纤细秀美的，自然就像是随风摆柳、裙裾飞扬的窈窕淑女喽。

这些叶子大小不一、形状不同、颜色各异，且每片落叶都有自己的特殊徽记。有的在叶尖旁长出一个豁口，有的在叶身处有圆圆的小孔，有的脉络宽阔，有的脉络窄稠，粗粗细细的纹路交织成或疏或密的网。

我笑了，这些叶子还真是可爱顽皮，竟然有着各自粗犷或细腻的个性呢！

可是，往树上看去，树木葱绿，其他的叶子都还牢牢抱着枝柯，吮吸着雨露，享听着蝉鸣，为什么唯独这些叶子会掉落下来呢？它们身上的豁口、虫眼、罅隙，以及叶边的干枯、撕裂、翻卷又是怎样来的呢？

眼前的叶子，几乎没有一片叶子是完好无损的，难道每一片落叶，被风吹过、雨打过，从新芽初放到落叶凋零，都经历了一个个难以言道的故事？

曾经傲立枝头、汲汲向阳的叶，曾经栉风沐雨、经雪历霜的叶，被寒冷肆虐、被虫豸噬咬、被莫名而来的各种雾霾、蒸汽侵蚀之后，最后都是辗转无奈高高坠落的下场……

唉，这历尽沧桑的落叶！

听人说，树上每落一片叶，人间就有一个生命离开。

看着满怀的落叶，心也像从枝头飘落在风里打着转的枯叶，渐渐暗沉、彷徨起来。生命，怎会如此脆弱不堪！

眼前的红河谷，石峡深邃，幽谷含秀，飞瀑深潭。仰头望向冠盖硕大的树木，掉落了那么多叶子，还依然郁郁、葱葱、翠翠，放眼望向枯萎飘落的巍巍群山，层峦叠翠、锦绣明媚，丝毫未改其色，而且，执着如斯、岁岁如是。

同行的人讲，树叶枯死脱落，减少了蒸腾，只枝干存留，让树木顺利度过干旱和寒冷季节，为来年的生长和茂盛做好准备。叶落归根，是树木对环境的正常反应，树木就是在叶落叶生的新陈代谢里生生不息的。

原来，当树上每有一片叶落下，就会有一片新的叶子生长起来。即便这个树的叶子全部落完了，来年又会重新发出新的枝芽，一个季节的轮回如此，一个生命的轮回亦如此。

叶落下了，归入土地，化作肥沃的春泥，落入秋虫之口，喂养着一个生命，落进行人的眼前，成就一幅绝美的画面。

旧的离去，新的到来，生命的更迭与轮回，何尝不是一种风景？

起身，继续行走在这长长的栈道，一颗因叶落而微微悲秋的心，也就没那么忐忑了。

单数

以前总喜欢成双成对的东西，现在却越来越喜欢单数了。

渐渐悟得，单数好像是托底的，它最坏也就这样了，不会再差到哪里去，再往后，就只剩下了好，心里会稳稳的。

单数，有种残缺的意味在里头。比如破损的器物、卷角的旧书、长满青苔的老宅、有着小瑕疵的朋友……虽然它并不尽善尽美，却让人感觉它真实地存在着，很是安定、踏实。

双数就不是这样。太过圆满，圆满得有点虚假，攥在手里会忐忑不安，担心一不小心就会失去了，也叫人没了遐想的空间。

细数一生里，总有很多无法抵达的地方，难以拥有的感情，没能改变的结果，不能修复的缺陷，因而，得偿所愿的事情并不多。

小时候家里穷得揭不开锅，每次下雨都戴着顶掉了圈的草帽，被雨水浸得沉腾腾地扣在头上，于是做梦都盼望着能有一把雨伞，最好是把漂亮的小花洋伞。

最后，愿望终于实现了。拥有了一把细花的小洋伞，我整日搂在怀里，看着、摸着，乐滋滋的，生怕丢了。谁知一个雨天，却被同学借去用，回来时玻璃把儿就裂开了。心疼得要死，伤心地哭了整整一下午，老师讲的课完全没有听进去。

我那么地信任她，她却损毁了我的心爱之物，也那么恨自己，怎么就轻易把自己最珍惜的东西给了她呢。

经了几十年，那件事情依然忘不了，却在人生不如意的轨迹里往后排了。太多的事与愿违，失去的痛，人生里何止一两次。

情窦初开时，恋上了一个男孩子，就那样默默地喜欢了三年，看着他听课、自习、打饭、踢球，到毕业了，也不敢表白。怕一旦说出口，就再也不能回头。于是数叶子，单数喜欢，双数不喜欢，喜欢，不喜欢，喜欢，不喜欢，但到了双数，还是不甘，再寻新的一枝重数，非要数出一个单数来。后来知道，不是喜欢单数，而是为了那个"喜欢"，死不回头。

那时，我手拿着树枝，站在池塘边，风习习地吹着，我一脸的迷茫，望着池塘里莲叶上被风蚀的伤痕，歪倒干枯的残荷，还有滴落在荷叶上的破碎露珠，一切都如此不完美，却竟有着满满的禅意和惊心动魄的美。

木心先生讲："万头攒动火树银花之处不必找我。如欲相见，我在各种悲喜交集处，能做的只是长途跋涉的返璞归真。"

原来，残缺也是一种美呀。

"此岸永远是残缺的，否则彼岸就要坍塌。"慢慢，把自己活成了一个单数，带着执念往前冲。

多年后，成家、生子，日子不咸不淡，清水白开般过着，并没有预先规划的那么浪漫、美满。自己并不温柔多情，他也绝非风流倜傥，各自有着自己的小欢喜、小个性、小脾气，但谁也不用刻意迎合谁，彼此展示了最真实的自己，瓶瓶罐罐、柴米油盐、相濡以沫的情感，缺少浪漫、激情的生活，却踏踏实实。平淡渐渐深入骨髓，却成了生活里最深的滋味。

爱人之间的呼应："我是残缺的半个圆，你也是残缺的半个圆，我们才要在一起。""一"可以自己成为单数，但每一个复数，都由单数组成。

或许，每一个单数心里，都有一个成为复数的梦想，可一旦变成了复数，却又有些惆怅了，开始怀念单数的日子。

因而，世间所有完满都是暂时的，不完满才是常态，记不得谁必须接受生命里一些残缺和难以如愿。走向鼎盛，就是走向衰落，走壮年，也走向了死亡，生命就是在这样的状态里残缺着、完美着。失去，就让它失去了，不必去追。

一日时光，市场买个菜，商场买件衣，做饭，洗脚，写诗，时光大半是浪费了，但只有浪费了，才知道它的好。

喜欢"一"，简单而稳定，独一无二。每朵花，只陪伴一个蝴蝶，每只蝴蝶，也只喜欢一朵花。感情也只要一份就够了，刚刚好，不空旷，也不拥挤。"一"是坚固的，即使硬要掰开，便肉连着筋、筋连着骨。

到了一定的年纪、有了一些阅历的人，才会喜欢单数，喜欢姚晨的大嘴、刘德华的鹰钩鼻，却分不清，是因为残缺而美，还是美本身就是一种残缺？

愿意就这样，作为一个单数活着，时而纵马狂奔，时而拨马回头，好像从来没有活过一样。

素白衣裳

　　一封信，藏着一份牵挂，一弯月，载着一缕思念，一件白衫，牵着一个缘分。

　　白色的衣裳，是苎麻的旧，带着前世的印记和老时光。松软的领口，是吻过的香，棉柔的衣袖，是挽过的臂。胸前的襟，是怀抱的心房。

　　白衫里藏着一袭如烟心事，是三月的桃花春雨。独自撑伞，走在巷陌尽头，青砖碧瓦泛着朦胧的哑光，诉说着懵懂的情怀，眉间拢着淡淡清愁。

　　端坐窗前，翻阅一册书卷，页眉是你的浅笑，页脚是你的温柔，线装的封面和封底，都是你的模样。平和于日常安稳，不惊不扰，不浓不淡，却有着深邃的味道。

　　白衫的清雅，如你深情而清澈的眼眸，衣上绣着一枝菡萏，是爱着却尚未告白的羞涩，或是一枝清纯的梨花，吐纳灯火的葳蕤，也像一把描绘着故事的折扇，静夜沉沉，浮光霭霭，冷月溶溶，美人一笑嫣然，有人在西厢那边。

　　遥站在溪水河畔，倾一樽别酒，听一声杜宇，叹一阕春残，舟楫摇动，良人渐远，青山青，碧水寒，就这么呆立于风，染一身冬韵，落一身白雪。

相逢无心，相离无意，相聚无凭。掬一捧山泉，忘掉了烦忧，采一滴晨露，冬藏阳光的暖，捡拾起前世的月光，采撷一瓣花香，执一断句残篇，向岁月吊唁。

月光落在深深的庭院，悠悠古琴奏响一段乐曲，我吟诵着关于你的诗句，平平仄仄，若宋词的款款深情，轻柔的声音如珠落玉盘，溅起晶莹的水花，清幽得似一朵梅到一场雪的距离。

惊蛰月满城飞花，琴瑟雪三千白发。彼岸茫茫，你还是旧时模样，白衣而舞，花瓣纷纷落于你身后，几分真心，几许离愁，覆没黄沙也等你，哪怕只剩一口气，生亦何欢。

白衣挂墙，尘埃覆上，却道是花开匆忙绕了花墙。长长短短的路程，捧一卷古墨，暗香盈袖，衔一枝桃花，只等你来，牵起这一双冰凉的手。

花落成殇，泪看颓墙，在渐长的年岁里，愁绪成了掸掉的灰，素衣白衫的意蕴里，山更静了，水更洌了，花更香了，情更浓了，青丝千丈，不失不忘。

"薄酒可以忘忧，丑妻可以白头，徐行不必驷马，称身不必狐裘"，莫问前路，只管情深月下，在落款处写下你的名字，演一出绝世芳华，长亭远望，烟雨彷徨。

这素白衣裳，在午后的花树下，等着，心就静了，就想了，就满了。不管红尘残梦，血染黄沙，只要这惊鸿一瞥，半世天涯。一袭白衫，前世相见，今生，等你来认。

等待，让人忘了时间，忘了地点，却忘不了曾经的长身玉立、素衣白衫，不管离得再远，也仿佛，你就在身边。

你是我忘不掉的蒹葭，我是你离不开的天涯。

简净

　　简净两个字，有一种凛然的美，让人想起青花。

　　曾有幸观摩过青花烧制的过程。白泥做坯，画坯、勾线、混水、罩釉、烧制、打磨。"雨过天晴云破处，这般颜色做将来。"青如天，面如玉，徽宗一句话，难倒多少工匠。细腻精准的勾勒，浓淡恰好的转笔，缎玉白打底，青凉花做衣，釉滋润柔和、抚之如绢，那种风日飒飒的仪态、简明扼要的质感、明净素雅的风采即刻飘到了心的高处，再也落不下来。

　　青花，可与花交融、与水交融、与文字交融、与书画交融，空灵剔透，简到极致、净到极致，大美也。

　　料峭风里，一枝瘦梅旁逸斜出。相比别的花，她开得有节制、有分寸，不任性放纵，也不媚俗攀附，她算不上丰腴，霜皮藏玉骨，疏淡阔朗，散出淡淡的清香，不论是在这树上，或是折回插于瓶中，一条老枝、两三朵闲花，就那么斜斜地飘了出来，清冷孤高，像是在守着些什么，也许是寂寞，也许是风骨。

　　阳光打在窗台上，轻轻翻一本泛黄的书，读一篇干净而有力的文字，没有佶屈聱牙、虚张声势，用字到省俭、减无可减，质而实绮，癯而实腴，文简意丰，真水无香，简洁直白却深入人心，其韵绕梁三日，无穷无尽。

择一旧居，不必屋宇恢宏、客若潮涌，仅有一处干净清爽空旷的小院，看得见青砖灰瓦、绿藤掩映、赏春花、秋叶、夏雨、冬雪，把水看明澈了，把山看明快了。在如水的夜晚，温一壶白月光，拨动丝竹之音，白日里尘埃散尽、烟云收敛，心思婉约轻灵。静坐朴院，沏一壶老茶，慢慢地品，品至无味。

简净，是一种摒弃和隔绝，简净的人，离红尘越走越远，离自己越来越近。

简净时，闭上眼，能听到蜜蜂飞舞的声音，草芽破土的声音，花朵开放的声音。然，"君看今年树上花，不是去年枝上朵"。花开了千百次，却不再是从前的那朵。一个人，从繁华到孤寂，从热闹到清冷，生命的本色终将归于简净吧。

书法讲"拙者胜巧，敛者胜舒，朴者胜华。"风格要朴实无华、干净利落，画亦如是。赏吴冠中先生的画，清淡明净，不杂尘浊，小小尺幅，寥寥数笔，远山、枯树、清水、倒影，黑色的线条，勾勒出一幅幅寂寞空灵、拙朴萧散，万壑千山，意趣无穷。

"最后一个闺秀"张充和，与大弟宗和三十年书讯，音书不绝，穿越重洋，互问短长，内容由养花种草、衣食住行、曲人故旧谈到诗词书画、文学历史……抛去浮华与造作，字字情真意切，笔笔简单有味。读过张充和书写的《小重山令》《望江南词》，一笔娟秀端凝的小楷，结体沉熟，骨力深蕴，小字蛮笺，得晋唐小楷雅逸、俊美的风神，字如其人，端雅淑净。

亦灯下临楷。非行书的流动放纵，也非草书的笔走游龙，骨涵于中，筋不外露，一横一竖都有分寸，一撇一捺都是日常，每一笔都要干净利落，每一画都须交代清楚，规规整整、法度严密，绝不潦草、粘连，如此低调和隐忍，也只有人到中年以后才能体会。

这个年纪，不再喜欢大红大绿。穿的衣一定是素色的，干净浅淡的棉布衣裙，面不施粉，衣无环佩，没有张牙舞爪烈焰张扬，一双素履，去往红尘深处。花红柳绿里，自有眉清目秀的跳脱。一定是这样了，因素净，而天下莫能与之争美。

到了中年，对违背内心的事情，慢慢学会了拒绝，多了几分坦荡和真诚，言语也寡，不多说一字，眉目间，却是岁月静好的安稳。

简净，是修得的风姿气韵。或许曾独上高楼，凄凄惨惨，或许眉眼盈盈，春风得意，或许鸟雀惊枝，落花满身，到了这个时候，都看不见了，山河纵横，只有锋芒磨尽后的淡然，和心性笃定的默然。

"秋山何简净，秋水何澄明。闭门杜远客，但向梦中行。"一个人，最难就是简简单单、干干净净，保持生命中的纯白，减繁增静乃安乐之基。听说，人生减省一分便超脱了一分，交游减便免纷扰，言语减便寡愆尤，思虑减则精神不耗，聪明减则混沌可完，不求日减而求日增的人，才真的是锁上了一生的桎梏。

光阴呼啸而过。所有的热闹，终究会过去，明晃晃的月光落下来，只留下风骨和枝丫在风中挺立。"千山鸟飞绝，万径人踪灭，孤舟蓑笠翁，独钓寒江雪"。一小舟，一蓑衣，一斗笠，抛却俗世繁杂，心简净了，可钓一世清欢，钓一份尘世中的清喜。

简净处，千丘万壑汇入清流，风行雨散、草枯花落，自有禅心一壶。

晚菘

　　大白菜和菘，一个乡野村妇，一个清雅女子，似不能比肩而行，却是同一个植物，已让人有些惊奇，若是想起贾玲口中的那句"烂菜叶叶"，就更觉讶然了。

　　生于农家的大白菜，青菜白帮，不惊不扰，看不出有什么特别之处，但古人讲：白菜"凌冬不凋，四时长有，有松之操"。因此称其为"草头之松"，此为"菘"之来意。

　　要说，我也算是吃白菜长大的。家在农村，母亲每年都要在地里务上一分地的大白菜，储藏过冬。每到初冬，白菜叶子越包越紧，瓷瓷实实，霜降以后，白菜更是茎叶肥厚，汁多味甜，菜蔬味道更为醇香，白居易有诗："浓霜打白菜，霜威空自严。不见菜心死，翻教菜心甜。"

　　这时，母亲手提镰刀，贴着地皮使劲一铲，大个头的白菜就沉腾腾地倒下来，母亲翻转着擗掉最外层干枯的烂叶，看着水灵灵的大白菜，说午饭就吃它了。

　　白菜深得诗人喜爱。苏东坡赞美白菜，"白菘似羔豚，冒土出熊蟠。"说白菜味美，像羔羊肉和小猪肉那么美，好像是土里生出的熊掌一般。南宋诗人范成大说："拨雪挑来塌地菘，味如蜜藕更肥浓。"大雪天的白菜自有一股天然甜味，不输于夏日蜜藕。

有年冬天，雪花纷飞，韩愈把白菜切丝，加汤慢炖，招待孟郊、卢仝等好友，满满一碗好像烩银丝，配上屋外新挖出的冬笋，嫩脆而绵软，清素又醇厚，大家品菘尝笋，煮酒论诗，韩愈赞白菜赛过牛肚，冬笋胜过嫩马蹄的味道。

我从小没少吃"菘"，母亲手糙，会做的菜样不多，翻来覆去也就是那几样农家菜，白菜倒是做得很娴熟，炒的、腌的、煮的、炖的，做出来的菜个个有种农家的"土腥味儿"。那时也并没觉着"百菜唯有白菜美"。反而实在是吃腻了，嘴惯得很叼，不吃白菜帮子、也不吃外层的白菜叶儿，只吃最里层的白菜心儿。

母亲有的是办法。外层的白菜剥了给父亲炒酸辣白菜。大刀一挥，白菜切成段，葱丝、姜丝、辣椒为作料，油热了，作料煎出味儿来，氽白菜，翻炒，倒醋，调料，酸辣味儿。给我只做醋熘的白菜心儿，她说："鱼生火，肉生痰，白菜豆腐保平安。孩子们要多吃点儿。"

我不待见大白菜，但父亲的下酒菜，回回都是母亲做的酸辣白菜，怎么吃都不腻，一顿不吃，反而觉得生活没滋没味儿的。

晚间，母亲做一锅白菜疙瘩汤，放进炒的油葱花，西红柿，红红绿绿，色香味俱全，吃得胃妥妥帖帖，父亲每次都吃得碗底朝天，比那个珍珠翡翠白玉汤吃得还香。

母亲讲，不时不食，白菜就是要在这个时候吃才最有营养。

地里剩下的白菜也收割了。母亲在院子里挖了个小土坑，埋了七八棵大白菜，用土盖上，平时要吃，就刨出一个，吃起来方便。但大部分白菜都储藏到了地窖里，和萝卜、红薯存在一起，不怕大雪封门，足足能吃一冬天。

白菜最味美时，就是大雪纷飞时，一家人围炉而坐，白菜炖肉，再就着母亲用白菜根儿做成的风味儿泡菜，品着小酒，芳香四溢，那感觉简直千金难买。

后来，不知怎的，没来由地离不开白菜了。去饭馆吃饺子，想来想去，还是叫白菜馅儿的。吃夜市，喝啤酒，也定要一盘毛豆，一盘酸辣白菜。软塌下来的白菜叶，香脆、酸爽、辣劲儿足、入味儿深，赛过所有的菜肴。酸辣白菜，我自个儿取名叫"溜崧"。

工作忙时，没时间仔细做饭，就烧了开水，下一把龙须面，白菜洗净，用手揪成两截，扔进锅里，打个荷包蛋，放进盐巴、醋、滴两滴芝麻香油，就是一顿美餐。

早市、晚市、超市，到处都有白菜，普通的价格，平常得毫不起眼，却一日日霸占着生活里的头条。

李丹崖在《低头切菜，抬头收衣》里写他曾经晦暗的时光里，用猪油烹炒萝卜白菜煨细粉，称为"桃园三结义"，味道好吃至极，穿肠难忘，素朴清简的日子也有了朝气。

这原来是我心里的极简生活，它配得起我的所有日常。

白菜，在我心里，渐渐不再是上不了大席面的"烂菜叶叶"。却是那句：我笑，便面如春花，定是能感动人的，任他是谁。

有闲情时，也捣直做菜。五花肉切片，小火煸炒出油，放生姜、八角、辣椒炒出浓厚的香辣味，白菜入锅翻炒，放粉皮炒软和，待菜汁、姜汁、肉汁、辣椒汁渗出时，撒葱段、香菜，汤汁香醇、清爽入味儿，就是一道雅俗共赏、老少皆宜的家常菜。

后来知道，白菜意为清清白白。国画大师张大千题跋曰"闭门学种菜，识得菜根香。撇却荤膻物，淡中滋味长"。李苦禅和齐白石先生一样，皆简朴。后人总结他："画得很好，生活很穷。"白菜这一平常的家蔬融入其笔下，自然淡泊、清净高雅。

孙犁先生也喜欢白菜，把"白菜"张贴于书斋之中，墙边立一幅中国画，画下方是水墨泼洒勒染的大白菜，上款"朴素无华，淡而有味"。做人，要么像辣椒一样有脾气，要么像白菜一样有层次。孙犁先生喜欢的，到底还是白菜的品性。

素心白菜，内里生花，淡然无争，峥嵘、锋芒都向内收敛，白菜称为"菘"，骨相存焉，绝配。